本成果受北京高校高精尖学科项目(中国语言文学)支持
北京语言大学出版基金资助

《西游记》的
跨文化影像改编研究

李 萍 著

中央编译出版社
Central Compilation & Translation Press

图书在版编目（CIP）数据

《西游记》的跨文化影像改编研究／李萍著.—北京：
中央编译出版社，2020.6
ISBN 978-7-5117-3707-6

Ⅰ.①西… Ⅱ.①李… Ⅲ.①《西游记》研究 Ⅳ.
①I207.414

中国版本图书馆 CIP 数据核字（2020）第 127609 号

《西游记》的跨文化影像改编研究

责任编辑	朱瑞雪
责任印制	刘　慧
出版发行	中央编译出版社
地　　址	北京西城区车公庄大街乙 5 号鸿儒大厦 B 座（100044）
电　　话	（010）52612345（总编室）　（010）52612341（编辑室）
	（010）52612316（发行）　　（010）52612369（网站）
传　　真	（010）66515838
经　　销	全国新华书店
印　　刷	河北下花园光华印刷有限责任公司
开　　本	880 毫米×1230 毫米　1/32
字　　数	121 千字
印　　张	6.5
版　　次	2020 年 6 月第 1 版
印　　次	2020 年 6 月第 1 次印刷
定　　价	38.00 元

新浪微博：@中央编译出版社　微　　信：中央编译出版社（ID：cctphome）
淘宝店铺：中央编译出版社直销店（http://shop108367160.taobao.com）
　　　　　（010）52612322

本社常年法律顾问：北京市吴栾赵阎律师事务所律师　闫军　梁勤
凡有印装质量问题，本社负责调换，电话：（010）52612322

前　言

在辉煌璀璨的中国小说名著中,在古代小说研究的整体格局中,《西游记》的地位并不突出,没有出现像金圣叹批《水浒》、毛宗岗批《三国》、张竹坡批《金瓶梅》和脂砚斋批《石头记》这样成熟、优质的文本批评。但是,随着电子媒介的出现和大众影像时代的到来,《西游记》作为我国一部带有神魔色彩的独特古典小说,在跨文化影像改编中却表现出领先的态势,不仅在日本、韩国等亚洲地区,而且在美国等西方国家也出现了《西游记》的影视改编作品。这些改编作品,无论在改编艺术上、审美倾向上,还是文化价值观上,都表现出与原著及国内改编作品不同的风格与特征,因此,对《西游记》在域外的影像改编文本进行研究,在中国古典名著的跨文化影视改编理论研究中具备了一定的典型意义。

首先,从改编作品的艺术性来看,《西游记》在域外的改编作品,无论主题、人物,还是情节结构,都产生了较大的变化。就主题而言，最典型的变化是《西游记》原著中被淡化的婚恋主题得到了重视，无论唐僧、悟空还是沙僧，在域外的影视作品中都有荡气回肠的爱情故事。在人物形象上，我们原著中尊为权威的观音形象在域外基本都被弱化，在美国版《西游记》中，甚至出现了唐僧与观音恋爱的情节。在故事结构上，原著《西游记》中主要采用的单线式情节结构也大多被颠覆。

其次，从改编作品的审美特征来看，随着电影、电视、数字媒介等出现，《西游记》在域外的改编文本体现出了古今不同、国内外不同的审美趣味。首先是现代社会风尚在《西游记》的跨文化改编作品中体现较多，比如故事情节和人物对话中"搞笑佐料"的无处不在，对原著中权威人物形象的颠覆等。其次是改编国的传统审美倾向和民族情调对《西游记》作品也产生了很大影响。比如日本文艺作品大多带有"幽玄""物哀"的审美色彩，促成日本文艺作品重视"纯真温情"的一面。日版《西游记》中也多次用母爱来突出作品温情的一面，不仅悟空因母爱神迷，用之抚慰自己解不开的孤儿心结。连三藏法师也为母爱沉醉，愿意为了母亲的陪伴放弃他天竺取经的誓愿。此外，日本人还有一种"哭泣与悲剧的女性化情调"[1]，这种情调与日版《西游记》历来由女性扮演三藏法师的

---

[1] 孔祥旭：《樱花与武士》，同心出版社2007年版，第109—111页。

传统不无关系，也与三藏法师的屡次掉泪不无关系。

第三，从改编作品的文化倾向性来看。不同版本的《西游记》往往带有不同国家的意识形态和文化价值倾向。比如美国版的《西游记》宣扬独立精神和个人主义原则，并打上了西方文化精神的烙印。日本版的《西游记》则强调团队精神和伙伴关系，推崇勇气和坚信正义之心的重要。然而，改编作品的价值观虽然随着传播国的价值观念而发生变化，但所有的改编作品或多或少都对原著内容有部分认同，而这认同的部分恰恰是原著中最能反映人类共同主题的内容。就《西游记》而言，带有东方特色的中国神魔色彩故事没有变，《西游记》所反映的人类共同主题没有变，比如人必须要经过千难万险才能获得最后的圆满和成功，人类向往自由、逃脱束缚的本能等。放在21世纪的维度中，《西游记》内容蕴含的自我超越、团队精神等现代意蕴不仅没有变，一定程度上来说，还得到了进一步的张扬，这些都是值得我们深入思考的地方。

总之，无论是日本版的《西游记》还是美国版的《美猴王》，无论是动漫版还是网络版的《西游记》，虽然资源和故事来源于中国，在域外影像改编的过程中，不可避免在艺术价值、审美趣味、文化价值观念上会出现一系列的误读与变异现象，会更多地带有他国的价值观念和文化特征。比如美国版的《猴王》中甚至出现了观音和唐僧恋爱的情节。这种种文化变异甚至改写，其深层的政治、文化、经济机制是什么。在域外改编的过程中，不同的文化类型对影像改编和影像传播都有一定影响，其潜在的编码和解码规则又是什么。中国的文化资源变成别国的文化影像产品，最后又投放到了中国市场，中国人花钱消费本属于我们的文化资源，我们该从中反思点什么。中华文化作为世界几大原生文化之一，而且是唯一从未中断、绵延古今的文化类型，我们在文化全球化、影像化成为必然的世界文化软实力竞争中又该如何抓住属于我们机遇。这些都是《西游记》跨文化影像改编研究中折射出的问题，这也是中国古典名著跨文化影像改编中无法回避的现实。我们希望通过《西游记》的域外影像改编研究，挖掘我国古典名著跨文化影像改编的特征和规律，进而能对中国影视产品的海外传播有所启示。

目 录

1 绪 论 ·· 1
  1.1 《西游记》的跨文化传播背景 ················· 2
  1.2 《西游记》跨文化影像改编研究的理论依据 ········ 5
  1.3 中国元素在西方影像作品中的运用 ·············· 11
  1.4 本研究的理论价值与实践意义 ················· 23

2 《西游记》跨文化影像改编的艺术视阈 ················· 30
  2.1 母题的嬗变 ································ 37
  2.2 人物的重塑 ································ 44
  2.3 情节的改造 ································ 60
  2.4 时空的流转 ································ 64

3 《西游记》跨文化影像改编的美学思考 ················· 71
  3.1 审美主体的多元 ····························· 71
  3.2 审美对象的扩张 ····························· 80

3.3　审美媒介的演进 …………………………………… 88

4　《西游记》跨文化影像改编的文化观照 …………… 102
　4.1　渗透的价值观念 …………………………………… 103
　4.2　潜隐的文化精神 …………………………………… 110
　4.3　显化的商业模式 …………………………………… 128

5　《西游记》跨文化影像改编的立体效应 …………… 134
　5.1　名著元素的激活 …………………………………… 134
　5.2　娱乐效果的凸显 …………………………………… 137
　5.3　文化本原的销蚀 …………………………………… 141

6　从《西游记》看中国古典名著海外影像传播的路径 … 146
　6.1　传承原著，保持民族文化精髓 …………………… 152
　6.2　开放心态，尊重共同文化需求 …………………… 158
　6.3　重视渠道，拓展国际市场空间 …………………… 168
　6.4　立足生活，关注当下生存状态 …………………… 184

7　结　　语 …………………………………………… 190
　7.1　坚守民族文化精髓 ………………………………… 191
　7.2　借鉴他国成功经验 ………………………………… 192
　7.3　借力国际市场渠道 ………………………………… 193

1 绪 论

翻开我国文学作品跨文化传播的历史,四大古典名著的对外译介有着悠久的传统。以日本为例,《红楼梦》最早在1793年(清乾隆五十八年)就传入日本;而湖南文山翻译的《三国演义》的《通俗三国志》五十卷在1689—1692年间,也在日本问世;《西游记》的有关文本则早在唐宋时期就传入日本。但是,随着电子媒介的出现和大众传播时代的到来,西方的各类艺术作品尤其是影视作品大量涌入我国,而我国古典文学的跨文化传播步伐则明显滞后。红学是海外汉学研究的显学,根据冯其庸、李希凡主编的《红楼梦大辞典》统计,《红楼梦》的译本语言有23种之多。但至今在国外还没出现对《红楼梦》的影视改编,只在国内的香港、台湾地区有《红楼梦》的影视改编本;《三国演义》在东方邻国像日本、韩国有较大的影响,出现了很多以"三国"为中心词命名的网站和网络游戏,但在欧美等西方国家的影响就远没有这么广泛;《水浒传》的跨文化影视传播影响甚微。《西游记》在通过电子媒介进行跨文化传播方面却独树一帜。日本、美国都有对《西游记》的影视改编版本，甚至在奥运会期间，英国广播公司（BBC）还推出了一款以《西游记》为蓝本的奥运宣传片，并投放到电视、广播、互联网及手机等各种平台上。当然《西游记》在跨文化传播中也出现很多文化误读、变异现象。

以"四大名著"为代表的中国古典文学名著在中国有着无可替代的影响力，它们既是中华文化的象征，也是中华民族的文化精髓，已经渗透到我们的血液中。古典文学名著的影像化是时代发展与技术进步的必然选择，它给古典文学名著的普及以新鲜的土壤，让更多的人能用听觉、视觉，甚至触觉、嗅觉来感受名著中人物的悲欢离合、喜怒哀乐，以及故事的跌宕起伏、千回百转，把文字世界的美转化成影像世界的美。在全球文化交流日益频繁深入的背景下，跨文化影像改编也成为一种自然而然发生发展的文化现象，是不同文化对异域文化的一种试探性的观察，进而接受、理解，并在这一过程中完成着已经持续了数千年的文化融合。

1.1 《西游记》的跨文化传播背景

从历史上看，一个国家的民族文化往往在与异域文化的相互适应与融合的过程中形成；从现代来看，文化的渗透和整合使一个民族文化自我更新成为可能。本书重点研究的对象《西游记》不仅在现代的跨文化传播中表现出领先的态势,而且其故事的背景、宗教的渊源、中心人物形象等本身都带有异域色彩和跨文化倾向。

首先,"孙悟空"形象有"舶来说"之争。《西游记》中的神猴孙悟空是我国妇孺皆知的典型形象。印度著名古代史诗《罗摩衍那》中多谋善变的神猴哈奴曼也是印度人民的崇拜对象。虽然两个神猴相隔将近两千年,出生地也不同,但印度神猴哈奴曼与中国神猴孙悟空之间有着太多的相似之处,以至人们不能不提出这样的疑问,孙悟空与哈奴曼是否有关,两个神猴之间到底是一种什么关系?

早在20世纪20年代,《罗摩衍那》与中国关系之讨论就在我国展开了。1923年,胡适的《西游记考证》发表,他在其中提出孙悟空形象来自哈奴曼的大胆设想。胡适的观点当时还带有较大的假定性成分,遭到了鲁迅的反对。1924年7月,鲁迅在西安讲学时,针对胡适的新观点作了申明,表示反对。我国著名的历史学家、学者陈寅恪,于1930年撰写了一篇《西游记玄奘弟子故事之演变》的文章,从汉译佛经中考证了孙悟空大闹天宫的故事来源,他虽没有直接对胡适的观点表示赞同,但实际上为胡适的观点补充了例证,使胡适提出的猴行者来自印度的说法,获得有力的支持。

新中国成立以后,《罗摩衍那》与中国关系的研究更为深入。1958年,吴晓铃先生撰写了一篇题为《〈西游记〉和〈罗摩延书〉》的专文,以胡适为靶子,驳斥孙悟空来自哈奴曼的"荒谬的看法",认为西游故事是中国土生土长的。后来,我国著名的梵文学者季羡林撰文明确表示,哈奴曼和孙悟空之间有渊源关系。当代著名的《西游记》研究专家蔡铁鹰先生也认为将哈奴曼作为孙悟空的原型,不无理由。① 遗憾的是,至今学术界对此尚未有一个统一的说法。

其次,佛教传入对《西游记》有很大的影响。从东汉到唐宋,随着大量的释典翻译文学的传入,对《西游记》的创作是不无影响的。因为宗教意识渗透到了当时人们的现实生活、思想之中,而文学作品也就往往打上了宗教思想的烙印。从《西游记》取经缘起来看,正是因为唐王李世民认为大乘佛教高于中国当时已有的道教和小乘佛教,他才派遣玄奘不远万里,前往天竺取经。他赐给玄奘"唐"姓,甚至与其结为异姓兄弟。在小说中,孙悟空桀骜不驯,唯独甘愿为如来佛弟子,也正是对"法力无边"的宣扬。此外,《西游记》中创造的众多人物形象,其原型很多都是佛家创造的人物,是随着佛教的传入被《西游记》消化吸收的。可见,一个民族文学的发展,不可能不受到外来文化的影响,人类社会的发展,不可能不进行文化的频繁交流。

最后,《西游记》取经故事本身具有异域性和外向性。第

---

① 蔡铁鹰:《〈西游记〉的诞生》,中华书局2007年版,第101页。

一,《西游记》的成书时间,正是处在明代思想发生大动荡的时期,其写作年代,与公安派、《牡丹亭》等相近,一种主张独抒性灵、个性解放的文学思潮逐步在文坛上占主导地位。中国几千年的封建社会开始走向末期,资本主义出现萌芽,对封闭自守造成冲击。这是《西游记》取经故事异域性和外向性的时代背景。第二,小说故事所发生的背景,取经所经过的13个国家,比如宝象国、乌鸡国、朱紫国、比丘国等,都在大唐国界"两界山"之外,这就是《西游记》题材的"异域性",这本身就带有一种跨文化性。第三,取经故事在民间流传了数百年,确实反映了一定的历史背景和社会基础,那就是大约公元前2世纪以后的千余年时间,我国大量的丝与丝织品由丝绸之路向西运,其间有陆路也有水路。"取经热"最早出现在南北朝时期。自三国朱士行以后,僧人先后到西域或古印度取佛教经典。取经之路以丝绸之路为基础,两者有合有分。所以,《西游记》也反映了我们民族固有的外向的、对异域追求与探索的精神,是民族间友好与亲善精神的反映。

1.2 《西游记》跨文化影像改编研究的理论依据

《西游记》作为是文学现象,其域外传播是广泛的事实,传播过程中既受到不同国家文化的影响,也增加了该作品的文化张力和表现力。因此,文学、文化、传播应当是展开研究的关键词，同时《西游记》的跨文化传播研究，需要以下几个领域的理论知识支撑，一是传播学以及跨文化传播学的理论，二是文化研究领域的理论，三是比较文学的理论，四是影像改编的理论。

首先是跨文化传播学理论。跨文化传播，实际上是一个古老的话题。我国历史上的丝绸之路、玄奘取经、郑和下西洋等都是跨文化传播的典范。现代社会中，人们通过因特网上的文字、声音、图像等形式与来自境内外不同文化背景的人聊天、游戏，这也是一种跨文化传播。目前最权威的跨文化传播教材作者美国萨默瓦（Larry A. Samovar）认为"跨文化传播是指来自不同文化背景的人们相互交流的一种情境。"[1]因此，可以认为，跨文化传播就是指来自不同文化背景的个体、群体或组织之间进行的交流活动。跨文化传播学是由美国人类学家、跨文化研究学者爱德华·霍尔（Edward Hall）在20世纪50年代建立的一门学科，其英文表达为"Intercultural Communication 或 Cross-cultural Communication"，在我国也翻译为"跨文化交际学"或者"跨文化交流学"。我国较早从事跨文化传播研究的专家关世杰认为："跨文化传播学研究的是具有不同文化背景的个人、组织、国家进行信息交流的社会现象，具体来讲，跨文化传播学研究的对象是文化与交流的关系，特别是文化对交

---

[1] ［美］拉里·A. 萨默瓦、［美］理查德·E. 波特、［美］埃德温·R. 麦克丹尼尔：《跨文化传播》，闵惠泉、贺文发、徐培喜等译，中国人民大学出版社2004年版，第4页。

流所产生的影响"①。《西游记》的域外传播过程其实就是不同文化背景的人们围绕《西游记》这一文本的交流过程，我们要研究的也是不同文化背景的人群对《西游记》的不同传播内容与解读方式，以及在传播过程中产生的文化碰撞和文化变异现象，因此属于跨文化传播学的范畴。所以，研究《西游记》域外传播中的文化现象需要传播学和跨文化传播学的理论指导。

引入传播学和跨文化传播学的理论，一方面因为20世纪末期以来，随着电视、电影等大众媒介的介入，《西游记》的影视传播产生了广泛的影响。而现代大众传媒所特有的规律和特征以及潜在的编码、解码规则，通过传播理论才能解析得更加清楚。另一方面，研究作为比较文学现象的《西游记》，也需要对传播理论的引入与借鉴。美国传播学者威尔伯·施拉姆（Wilbur Schramm）提出：传播是两个人或两个以上的人"试图共享某种信息"②，这里的信息尤其是文学作品信息的共享和对话是比较文学研究的前提，先有文学作品信息的传播，才有对不同文学作品信息的比较。而且，比较文学学科更多是跨文化的信息共享和对话，因此，更需要借鉴跨文化传播的理论。北京大学乐黛云教授在2008年"中国比较文学学会第九届年会暨国际学术讨论会"的大会发言上，第一个问题就强调了"开展跨文化对

---

① 关世杰：《跨文化交流学》，北京大学出版社1995年版，第14页。
② ［美］威尔伯·施拉姆：《传播学概论》，陈亮、周立方、李启译，新华出版社1984年版，第4页。

话的紧迫性"。在跨文化对话中,"如何既保持原有文化的纯粹,又能接受其他文化的有益影响"这些难点的解决都与跨文化传播的效果密切相关。

其次是文化研究理论。应该说定义文化研究同定义文化一样面临着人人言殊的重重困难。文化研究从广义上说,可视为对文化的研究,这样它的外延和内涵就非常广大。所以我们这里说的文化研究,是专门意义上的文化研究,即以20世纪60年代伯明翰大学当代文化研究中心的成立为诞生标志,以英国文化研究为主要代表的研究理论。① 这个狭义的文化研究虽然也是迄今难觅一个明确的定义,但它既带有浓重的理论色彩,有着明显的跨学科性质,也有强烈的干预现实意识,对该研究有较强的指导意义。第一,从文化与《西游记》作品的关系来看,《西游记》作为文学作品是文化的产品之一。人类各种艺术,包括语言艺术、图像艺术、声音艺术,曾经同源共生,而文化就是源头之一。不同的文学之间的差异以及对同一文学作品的理解差异大多都源于其文化的差异。因此要深刻剖析《西游记》这部文学作品在传播中产生的文化误读、文化变异、文化改写现象,必须要借助文化研究的理论和方法,来解读现象背后的政治原因、经济原因和文化原因,包括反思文化内部的意识形态机制与文化帝国主义;考察经济全球化背景下文化商

---

① 陆扬、王毅:《文化研究导论》,复旦大学出版社2006年版,第13页。

品的全球倾销现象；以及探讨多元文化社会中的跨文化障碍与跨文化能力。第二，从文化研究与"《西游记》传播"的关系来看，两者是互动的。一方面，文化是传播的一个核心概念，《西游记》的跨文化传播必须要研究不同类型的文化对《西游记》传播所产生的影响。另一方面，文化要保持其活力和养分也离不开文学传播的影响，西方有一些学者就强调通过文学艺术的传播来剖析文化的功能和类型。比如美国文化人类学家、传播学家约翰·坎顿（John Condon）在跨文化交流领域的研究中强调和重视透过文学艺术（尤其是小说和电影）的传播现象来分析不同文化类型。因为"文学艺术作为跨文化传播的媒介，比社会科学理论更生动具体。文学作品的活力是历久弥新的，其反映文化现象有着恒久的功用。还有就是文学艺术作品中表现的内容可以丰富多彩，可以细致入微，可以含而不露，因而可负载的文化信息量大，更容易触及文化的内核"①。可见，本研究作为文学作品的"跨文化影像改编"研究离不开文化研究理论的支撑。

再次是比较文学理论。比较文学作为一门跨越性的文学研究，跨学科与跨文化，形成了"跨越"的两大方面。《西游记》在跨文化传播与交流的过程中，产生了明显的文化变异现象，

---

① 韩明莲：《文学与艺术：跨文化传播的重要途径——约翰·坎顿的文化传播理论》，载《泰安师专学报》，1998第2期，第41页。

这就需要借助"比较文学的变异学"① 理论,通过研究不同国家不同文明之间文学交流的变异状态,来探究文学变异的内在规律,包括用译介学的理论研究《西游记》在跨文化翻译中出现的种种语言变异现象,并探讨产生这些变异的社会、历史以及文化根源;用文化过滤和文化误读的理论来研究《西游记》内容在不同文化背景和文化传统中的变异;用形象学的理论来探究唐三藏、孙悟空的异国形象。此外还可以用影像研究的方法研究国内《西游记》文本和国外《西游记》文本的不同,同时还要从平行研究的角度,分析西方世界的文本和东方世界的文本的异同。

最后,从影像改编的相关理论来看。影像改编理论对从文学到影像的改编进行过立体的总结,对改编技术与方法、改编者与改编对象、文学与影像的关系、改编观念与风格等进行了深入的讨论。有人还从小说与影视叙事的文化研究方面进行过专门论述②;也有人专门从文学改编成影像的审美意义出发进行了深入探讨③;还有人专门从影像改编的某一方面如"叙事体系"展开截面式的剖析。④ 中国古典文学名著的跨文化影像

---

① 曹顺庆:《比较文学教程》,高等教育出版社2006年版,第97页。
② 陈林侠:《从小说到电影——影视改编的综合研究》,中国社会科学出版社2011年版。
③ 刘明银:《改编:从文学到影像的审美转换》,中国电影出版社2008年版。
④ [加拿大]安德烈·戈德罗:《从文学到影片——叙事体系》,刘云舟译,商务印书馆2010年版。

改编研究离不开这些基本的影像改编理论的支撑，具体到《西游记》这一典型案例的跨文化影像改编，更需要上述理论中多方面内容提供充分的架构支持，从而形成一个层次分明、结构清晰、内容完整、内涵丰富、描述准确的跨文化影像改编研究模型。

1.3 中国元素在西方影像作品中的运用

跨文化影像改编是世界电影史上很重要的文化现象，世界各国的著名文学作品已经成为世界文化的遗产，可以为世界各国影视创作者自由取用，几乎所有享誉世界的文学作品都被改编成电影，其中很多并非原著母国的改编，而是由别国改编，具备了跨文化的背景。西方把电影的改编方式分为六七种，如移植、节选、浓缩、取意、变通取意、复合等。① 因此，中国元素在西方电影中屡屡出现并不新鲜，主要体现在对中国人物、符号、场景、故事、传统文化等要素的运用。

1.3.1 人物

近年来，以美国好莱坞为代表的西方电影中越来越多地出现"中国人"的角色，当然他们一般说英语。这些角色或者来自中国历史，或者虚构，更直接的既是中国角色又由中国人扮

---

① 汪流：《中国的电影改编》，中国广播电视出版社1995年版，第24页。

演。动画片中也出现了这样的角色,比如《花木兰》《功夫熊猫》,又比如在《杀死比尔2》中,昆汀·塔伦蒂诺设置了白眉师父这样一个角色为主角教授武功。这个白眉师傅一身白衣,长长的白眉,隐居深山,无论从外形还是生活方式,都带有浓郁的东方武侠的故事特点。我们从导演对这一类故事娴熟的运用中可以看出,此类很中国化的武侠片式的人物对西方的影响已经十分深刻。2008年由成龙和李连杰联合出演的《功夫之王》,其中成龙饰演八仙之一的吕洞宾,擅长醉拳,李连杰饰演沉默寡言的默僧,与刘亦菲饰演的侠女金燕子一起成为影片中的重要角色。迪士尼出品的《功夫熊猫》也是此类影片的代表,熊猫阿宝虽说是个熊猫,但行为举止让人觉得是一个中国人,也许是熊猫与中国的关系太密切了,它在中国引起的认同十分深厚。2003年的《防弹武僧》中的西藏僧人也是中国角色在美国影片中的呈现。

美国的早期电影中,中国男性形象多猥琐、卑劣,女性多愚昧、堕落。但近年来,美国电影中华人演员出演正面主角、重要角色的机会已经较原来多很多,如成龙的《尖峰时刻》系列、《功夫梦》、《邻家特工》,周润发的《安娜与国王》,李连杰的《猛虎出笼》,等等。2005年,在由斯皮尔伯格监制的《艺伎回忆录》中,虽然故事取材自日本,但是考虑到华人影星在世界上尤其是在华人圈、在中国电影市场上的影响力,所以制片方最终选择了邀请章子怡、巩俐、杨紫琼三位华人女星出演片中的主要人物，虽然饰演的角色身份仍让有些国人不满。《木乃伊 3》中杨紫琼的美人身姿与李连杰的暴君形象给人留下深刻的印象，此前影响较大的还有杨紫琼参演的 007 系列《明日帝国》、巩俐参演的《迈阿密风云》等等。如今，除了这些已经走出国门多年的老牌华人明星以外，像梁洛施、张静初这样的年轻演员也开始出现在世界银幕上。

不仅是影片中中国人的"戏份"越来越重，幕后的中国人也发挥着更大的作用。在李小龙、李连杰、成龙等打星的影响下，好莱坞功夫热日渐兴起，华人武术指导受到好莱坞的欢迎，其中最出色的应该是袁和平。1999 年，《黑客帝国》中袁和平担任了动作指导，引起轰动，此后，他又连续指导了昆汀·塔伦蒂诺《杀死比尔》上下部、《黑客帝国》的第二部和第三部影片的武打设计，被称为"世界第一武术指导"。"袁和平现象"不是唯一，华人武术指导已经成为好莱坞动作指导的产业化力量，洪金宝的洪家班、成龙的成家班、袁和平的袁家班等活跃在好莱坞的影片制作中，形成了好莱坞的动作片只要请中国武术指导，一般就会选择这些班子的定式。

1.3.2 故事

除了市场的选择之外，中国悠久的历史文化还能为美国电影提供取之不尽的故事来源。借用、讲述中国故事，或者对中国经典故事进行翻拍是好莱坞常用的手法。取得极大成功的代表影片之一是意大利导演贝纳尔多·贝托鲁奇1987年拍摄的《末代皇帝》、迪士尼公司1998年拍摄制作的动画片《花木兰》等,另外,中国著名儿童文学家张天翼的代表作、中篇童话故事《宝葫芦的秘密》于2007年由迪士尼公司与上海美术电影制片厂进行了改编拍摄,也取得了成功。《花木兰》故事的选择过程代表了中国故事能够给美国电影的启发,"迪士尼的创意执行人员考虑过一个名叫《中国娃娃》(China Doll)的故事,内容不过是类似《西贡小姐》(Miss Saigon)、《蝴蝶夫人》(Madama Butterfly)等好莱坞已经炒烂了的白人男性沙文主义冷饭,了无新意。这时正好有位创意执行人员认识一位正在编辑世界民间故事的作家,这位作家向公司推荐了《花木兰》。而《花木兰》故事里所包含的在性别转换因素上的传奇色彩及其所暗合的时代潮流性,使迪士尼对它情有独钟。"[①] 另外,迪士尼之所以选定《花木兰》而不是其他巾帼英雄的故事,还由于它在美国社会有一定文化接受基础。美国华裔女作家汤亭亭以《花木兰》为蓝本的作品《女勇士》(The Woman Warrior)连续十年销售过百万,进一步为《花木兰》的故事选择和影片的成功做好了铺垫。影片《花木兰》塑造了一个追求自我价值与自由精神的中国女性的故事。她不同于1937年《大地》中那个任劳任怨又勤劳善良的华人女子欧兰的故事,也不同于60年代

---

① 张振益:《迪士尼动画长片制作流程》,载《动漫产业》,2005年第9期。

《苏丝黄的世界》中那个等待白种男人救赎的苏丝黄的故事。在影片 Mulan 中，我们看到的是一个精神独立、聪明努力的当代女性故事，木兰不像欧兰那么坚毅勤劳，把自己的一切奉献给了家庭、丈夫，而是依靠她自己的聪慧和执着，赢得了爱情与尊重。木兰也不像苏丝黄等待男性的救赎，她用自己的聪明才智，不仅给家庭带来了荣誉，甚至是拯救了整个国家。在这里，中国式的故事情节，恰到好处地折射出现代西方正新潮的女性主义思潮。

即使是完全虚构的故事也可以是完全中国式的叙事方法，《功夫熊猫》是这方面的代表，它讲述了一个小人物终于成长为英雄的故事，而不是通常好莱坞式的一个人忽然就拯救了世界。中国武打片经常以各派武林高手争夺武林秘籍或者比武决胜作为叙事线索，两个元素同样成为《功夫熊猫》全剧的主线。影片中设置了一本神龙秘籍（Dragon Scroll），也设置了比武的悬念。为扫除反面势力太郎，需要英雄的出现，所以就需要通过比武挑选人选，而英雄的产生像少林扫地僧的出场一样在意料之外，胖熊猫阿宝，怎么看都不像大侠，竟成为比武的胜者。随后这个不像大侠的大侠历经百般磨难，终于获得了神龙秘籍。最初，面对历尽艰辛得到却空无一字的神龙秘籍，阿宝无法理解，就在百思不得其解、即将放弃时，由于偶然的因素突然参悟功夫的真谛（鸭子爸爸说所谓的面条秘方就是不放任何佐料），就像火烤过的或水湿过的秘笈会显露出隐藏的绝世武学一样。阿宝依靠得来的武功打败了魔头，成为真正的英雄。这样的故事怎么看都像是中国武打片，也就难怪《功夫熊猫》在中国取得了那样好的票房了。

1.3.3 符号

好莱坞越来越愿意使用具有中国意味的文化符号，《功夫熊猫》不仅是故事情节"很中国"，更是运用了"中国大全"式的符号语言，向美国观众展示"异域风情"，例如片中从熊猫阿宝家祖上所传的面馆、传统乡村市集中常见的卖货推车、四人抬的小轿，到斗笠、筷子、擀面杖、青花瓷碗、卷轴，以及丝绸质地的服装，还有宝塔、祥龙、爆竹、烟花、针灸、饺子、包子、馒头等。影片《木乃伊 3》中成功运用了更具中国历史文化标志意义的古墓、兵马俑，并且使其占有很大比重，呈现出了壮观的视觉效果。2010 年，在中国同样热映的影片《阿凡达》中创设了很多动物形象，很大程度上模仿了中国传统文化中的凤凰、四不像、辟邪、镇墓兽等，起码中国观众在观看影片时，由于激起了一些共鸣而会心一笑，应该算是接受了好莱坞在影片中对中国元素的成功运用。2010 年 6 月，由成龙和贾登·史密斯主演的影片《功夫梦》在全国上映，受到好评。影片中同样充满中国元素，有故宫、长城、武当金顶等。同样由成龙出演的《邻家特工》中，成龙扮演了一位中国国际特工，当躲避坏人时，来到了一家叫作"方家轩"的中国餐馆，餐馆里完全是中国风格的装修布局，墙上悬挂着中国传统的折扇、壁挂，还有一件长城造型的装饰物。厅内陈列着中国特有的兵马俑式样的人物雕像，再加上中国厨师身穿红色服饰展示高超厨艺，使中国文化系统化地展现在观众面前。2003年的《辣妈辣妹》中有台词"宴席上谁办中国菜能带来好运""谁想吃中国菜啊"等。2006年《倒霉爱神》中提到中国用牙膏治疗烫伤的"秘方"，台词"是牙膏吗？是啊，这是中国古代治疗烫伤的秘方"，虽然中国古代没有牙膏这种东西，但这段台词表明西方人对中国生活小常识的耳濡目染。

受在美华人的影响，传统中国服饰唐装与旗袍是好莱坞电影十分青睐的中国符号。好莱坞影片中经常用中国红代表中国服饰的主流色彩。2001年环球、梦工厂联手制作的影片《美丽心灵》中，为了出席诺贝尔颁奖典礼，纳什的妻子穿上了中国式的晚礼服。同年的《尖峰时刻2》中出现了穿着唐装的黑人和穿着旗袍的中国女人。2002年的《蜘蛛侠1》中蜘蛛侠的一位女邻居穿着中国式红色的旗袍参加一个活动。2003年的《古墓丽影：生命的摇篮》中女主角罗拉穿了一件带有中国刺绣的中式服装。2004年的《杀死比尔1》中，乌玛·瑟曼、大卫·卡拉尔身穿唐装出现。其后的影片中随着中国元素的增加，中式服装在影片中经常出现，观众已经习以为常，见惯不惊了。

1.3.4 场景

很多影片取景于中国著名风景名胜区。桂林"山水甲天下",桂林一向是享誉中外的旅游胜地,因此也吸引了诸多外国电影制作者慕名前来摄取外景。《星战前传3》《神奇四侠2》等影片中,桂林山水均成为美丽的背景。《生死格斗》中的大部分情节都发生在桂林。此外,风景秀丽的福建武夷山、奇险清幽的浙江仙居、翠绿的安吉大竹海、千年古地敦煌等都成为《功夫之王》中美不胜收的景致。3D科幻片《阿凡达》中很多电脑制作的场景与中国的自然山水风景十分相似,其中最能引起共鸣的一个场景以中国张家界独特的地貌作为背景,山峰直立、藤树缠绕、云雾朦胧,使人觉得恍如仙境。

有些影片直接将全球知名的中国大都市纳入镜头。香港作为"东方之珠",是全球著名的旅游观光、购物和港口城市,同时也是东西方文化的融合交流之地,正因为它融合了中国传统文化与西方现代文明特征,所以很自然地成为好莱坞电影人表现东方要素的首选之地。《尖峰时刻2》《古墓丽影2》中的街区和码头的场景,以及《蝙蝠侠前传:黑暗武士》中惊艳的维多利亚港湾都体现了香港的影响力。《木乃伊3》很多场景取材自中国,有上海喧闹的酒吧、繁华的商业街、拥挤的人群、西安文化遗产地、历史文物博物馆等。作为早在20世纪初因为国门打开而为列强知晓的城市,上海现在已经成为中国最发达的城市之一,同时,这个城市也凝聚了太多外国人的记忆。《伯爵夫人》《面纱》《黄石的孩子》中都一定程度上展现了上海过去的繁荣。2006年的《碟中谍3》中,男主角解救妻子的情节发生在上海，影片中多次以远景方式展现中国上海的标志性建筑景观——东方明珠。2007年的《神奇四侠2》影片最后，飞行器降落在上海，东方明珠亦以远景方式呈现。

另外，中国西藏也常成为美国影片中的重要场景。2004年的电影《天空上尉与明日世界》中，男女主角来到了中国西藏的香格里拉，画面中出现了很多现实世界中没有过的生物，从一个角度上折射出美国对中国仍然模糊的了解。2006年的《长毛狗》影片开始场景即设定在中国西藏，有寺院、喇嘛、佛像、藏民、街景等元素。这些元素符号作为物质载体来表现神秘的西藏拥有神奇的法术，进而暗示这条来自西藏的长毛狗具有神奇的魔力。《2012》取材于一个玛雅文明所做出的"末世预言"，即2012年12月21日全世界将面临末日，影片中各国政府将避难方舟建在中国的西藏。

中国题材的美国动画中也充满了中国特征的场景。《功夫熊猫》画面清新自然，经常表现出安静和谐的气氛，场景中的花草、山水、田野、庭院，色彩完全不是迪士尼常用的浓墨重彩，而是基本全用中国水墨画的风格呈现出来，很有几分写意特质。影片画面中的山水建筑，设计得十分细致合理。例如片中重要的场景"和平谷"与"玉皇宫"分别代表了中国美丽的山水风光和气宇轩昂的宫殿建筑两种景观。玉皇宫的建筑一派中国古典气象，红墙绿瓦、飞檐斗拱。和平谷山清水秀，很有点像武当派驻地中国武当山，那里同样住着一群武林高手，其风景设计则参考了中国丽江和桂林的山水。整个画面既符合中国传统的审美观,又与故事紧密相配、浑然一体。

1.3.5 传统文化

中国传统文化中很多对国人影响至深的元素已经开始越来越深入地影响着美国观众,起码是在影响着美国的电影制作者了。其中最大众化、最受普通观众喜爱的当属被称作"中国功夫"的中国传统武术了。最早在美国电影中取得成功的华人影星主要是武打明星,或者说是武打明星真正帮助中国演员打开了美国电影市场,如最早的李小龙,如今的李连杰、成龙、杨紫琼等。章子怡在国内的成名影片是一部文艺片《我的父亲母亲》,但当她走出国门后,所饰演的角色便都是身手敏捷、聪明狡猾的"打女",如《尖峰时刻2》中冷酷、性感的胡莉。再如李冰冰和刘亦菲在《功夫之王》中所饰演的白发魔女和金燕子,也同样都是"打女"形象。当然,美国电影中会"中国功夫"的不仅有英雄,还有恶棍,比如李连杰在好莱坞拍摄的第一部电影《致命武器4》中就扮演了一名残暴的黑帮头目,再如巩俐在《迈阿密风云》中饰演的黑帮女子等。

相对电影来说,京剧这一在国内也略有些曲高和寡的古老艺术形式,居然也在美国电影中时有出现。例如2001年《纽约黑帮》中拍摄"中国园"的场景里,中国京剧表演以全景方式展现,其间有中国人唱京剧和吹笛子、拉二胡伴奏等。中国音乐也不时由于情节的需要在美国影片中奏响。赛珍珠的作品《大地》因为讲述的是中国故事，为求写实，其中的配乐都是中国音乐。《功夫熊猫》一开始，展现了一位中国侠客的形象，配上水上漂的轻功，再以悠长清脆的笛声把观众的思绪渐渐拉长，带到神秘的遥远东方，接下来突然出现的"咣当"一声锣声，像中国戏剧开场一样表示影片开始。遴选神龙武士一节中用了中国民间欢庆场面常用的中国乐器组合，锣鼓唢呐喧天，鞭炮炸响。浣熊师父出场时，在树下独自吹起了一支中国乐曲。所有音乐元素的应用，都让影片的中国味更加浓郁。2010年的《邻家特工》中，成龙扮演的中国特工在哄小孩睡觉时，哼唱的是香港电影《宝贝计划》中的主题曲《听爸妈话》，让孩子安然入睡。事实上，不仅美国电影会用到中国音乐，近邻日本对中国音乐也有自己的理解和使用。2002年，日本NHK推出的45集动画《十二国记》，由作家小野不由美的同名小说改编而成，其中主题音乐基本全以二胡演奏，还有一些曲子用中国传统的竹笛、古筝、编钟等乐器演奏，充满中国古典气息。

中国生活中十分重要的风俗节庆也成为美国电影描写生活时的重要元素。中国传统节日"七夕节"现在已经被中国人称为"中国的情人节"。影片《功夫梦》中，导演用长达17分钟的时间来表现"七夕节"。瑞德和韩莹七夕相约游园会，影片透过两人的眼睛与感受，向观众呈现了中国人庆祝"七夕节"多种多样的形式，比如恋爱中的男女相互赠送礼物，人们听戏、挂灯笼等。影片还特别安排了中国传统民间艺术皮影戏表演了一场中国传统剧目——牛郎与织女的故事。又通过韩莹讲述了皮影戏所讲的故事，向观众解释了"七夕节"的来历。美丽的爱情传说与古老的民间艺术相结合，不仅让观众赏心悦目，还展示了中国文化的魅力。中国人生活中的其他方面也被运用在美国电影中来表现更传统的意义，如在2008年的《欲望都市》中，夏洛特（Charlotte）和哈利（Harry）领养中国的女孩莉莉（Lily）说道，"我在想成家的一个目的，就是在新年前夜不要一个人吃中国菜。我在一个人吃中国菜"，其用意是用中国菜象征阖家团圆。

中国传统文化最深奥神秘的智慧与哲学在美国电影中使用得也越来越多。《功夫熊猫》中用"乌龟大师"这个角色，深刻地表达了对中国哲学的理解。例如，乌龟大师在桃花树下对浣熊师父说："我不能强迫这棵桃树何时开花，何时结果，我只能等它成熟。"实际上是用简单的例子表达万物自有其自然成长的周期，我们不能改变其规律而"拔苗助长"，却可以通过精心培育使其更加优秀的道理，传递了"欲速则不达"的中国传统哲理。乌龟大师还有一些很经典的话，比如"你的思想就如同水，当水波摇曳时，很难看清，不过当它平静下来，答案就清澈见底了""昨天是历史，明天还是个谜，只有今天才是天赐的礼物"等，都言辞浅白却哲理深厚。除了这些，好莱坞电影中还有很多其他隐性中国元素，如电影《面纱》中反映的灵魂转世的说法,《黄石的孩子》中反映了中国人对生死的理解,007 系列电影《最高机密》中借用"冤冤相报何时了"与"和"的中国传统观念等。2003 年《记忆裂痕》中,男主角手里拿着的健身球上特意突出了中国的太极图案,以此来表现中国文化思想。

1.4 本研究的理论价值与实践意义

1.4.1 理论价值

随着迪士尼版的《花木兰》、日本版的《西游记》等走俏全球,中国名著在域外被改编成各类影像作品的现象正越来越引起人们的关注,这些改编文本对我国文化价值观念构成新的挑战,其艺术形式、审美趣味与原著及国内的影视改编作品也有很大的差异。这就需要我们对现有的影视改编理论做进一步的拓展和完善。

20 世纪 90 年代以来,我国的影像作品创作迎来了空前的繁荣,学术界也对名著改编的理论和实践进行了多方位的探讨,涌现了多部专著。比如赵凤翔、房莉的《名著的影视改编》,张宗伟的《中外文学名著的影视改编》,贺信民、魏玉川的《名著改编与影视剧创作》,姚小鸥的《中国古典名著的电视剧改编》。这些专著从不同角度对影视改编的理论问题进行了宏伟架构,包括改编的过程和方法,共同的特点是审视角度宏观,高屋建瓴。但是对于名著的跨文化影视改编问题则涉及较少，对于具体改编作品的分析也略显粗疏。可见作者的创作初衷并不是跨文化改编研究或者作品的细读分析。

但这些著作的出现，无疑为进一步的跨文化影视改编研究奠定了较好的理论基础。中国古典名著在域外的影像改编过程中，由于改编者大多不是本土人士，直接导致改编观念不同，审美倾向的差别，甚至是中国文化价值观或者说文化精髓的失落。传统改编理论比较多地讲到忠实于原著的问题，而在跨文化影像改编中出现的文化变异和文化改写现象，有时是对原著的颠覆或消解，已经不是忠实于原著的理论范式所能概括。中国古典名著在域外的再度流行，也说明古典名著本身是一个巨大的文化象征，其内部蕴含着众多的文化生长点，需要我们不断地更新我们的影视改编理论。就实践层面而言，对于中国这样有着几千年东方文化历史和经历过诸多现实磨难的民族来说，任何其他民族对我国文化的改编作品都不可能代替我们来反映民族现实、宣扬本土文化。中国的文化要走向世界，必须要走出一条属于自己的路。而研究我国名著在域外的改编文本，了解跨文化背景下的中国古典名著，再以各国人们喜闻乐见的方式推出中国古典名著，不仅是全球化背景下完善我国影视改编理论的需要，也是中国文化振兴之路上不可跳过的步骤。

1.4.2　实践意义

首先，本研究有助于增强我国影视产业的国际竞争力。名著之所以成为名著，不仅在于它们关注了人类的终极问题，也在于它们巨大的艺术再生空间。域外对我国古典名著的影像改编，大多取得了较好的经济和社会效应。迪士尼公司借助中国南北朝时期的《木兰诗》在全球赢得3亿美元的利润和如潮的赞誉；日本版的《西游记》在富士电视台播出首日便创下29.2%的高收视率，并被推广到东南亚的诸多国家。英国广播公司推出一款以《西游记》为蓝本的奥运宣传片——《东游记》，还被投放到电视、广播、互联网及手机等各种平台上，大大提高了该台的奥运会转播的收视率……

跨入21世纪以来，中国成为世界经济体系的一个日益重要的组成部分。中国故事及中国影像作品也开始走向全球，然而，相较于中国5000年的丰富文化资源，中国的影视产品在国际上的竞争力却相对低下。目前中国出口的文化产品大多还是游戏、文教娱乐和体育的设备及器材，在影视内容和文化服务等软件方面的出口则显得不足。

与其让域外人士来改编我们老祖宗留下来的名著等遗产，不如我们开放心态，主动研究古典名著的跨文化影视改编作品。并以此为鉴，挖掘我们的文化资源中能够反映人类共同的情感倾向和文化需求的部分，让我们的影视作品保持更大的开放性。只有这样，我们的影视产品才能被更多的人接受，才能减少其他国家对我们文化的误读。《西游记》之所以能走向世界，正是因为其内容中的宗教、英雄、传奇、丰富的想象等要素，容易为不同国家、不同民族的人们感知与理解。当然,研究我国名著在域外的影像改编作品,借鉴域外对我国名著改编的艺术与审美特征,不等于忽略我们的民族文化精髓。在世界都越来越重视文化产业的今天,各国在各种表现形式或操作技巧上互通有无并不难,但唯有对本国传统文化的挖掘与表现的能力,这是其他国家的文化创作者不可能与之相比的。总之,如何让我国的影视产品走向世界,在跨文化的传媒视野里树立起"中国形象",可以说是任重道远又迫在眉睫。

其次,本研究有助于中华文化的传承与创新。在影像化时代,影像成为人们了解外部信息、进行艺术审美的重要方式。因此,中国古典名著的跨文化影像改编也是中华文化在全球化背景下传承的重要形式之一,是中华文化与异域文化的交流、碰撞过程中自我更新的过程。

传统文化的传承是社会延续的方式之一,在对传统的继承过程中,传统文化中的代表性事物会随之延续下来,并且成为一个民族的精神财富。中国古典名著正是产生于中华民族的深厚文化土壤、汲取了传统文化的珍贵养分而成长起来的艺术之树。它产生于传统文化,又是中华文化的重要载体。当古典名著以影像改编的方式传到域外时,中华文化就在某种程度得到了更大范围的传承。当然,一种文化吸收外来作品时,都是根据自己的文化需要经过选择和改编的。同样,一个民族接受外来文化时,也是从自己文化的视角进行审视的,不同文化背景的人们会以自己的方式阐释对中国名著的理解。事实上，我们改编其他国家的经典文本，或者其他国家对我们的名著进行影像改编，都是一种文化交流和融合的过程。而中华文化正是在与异域文化的碰撞过程中得以更好地传承。

从人类文化发展的整体格局来看，一个国家的民族文化往往在与异域文化的相互适应与融合的过程中得以传承；从纵向历史视野来看，文化的渗透和整合使一个民族文化的自我更新成为可能。在人类的历史上，历来阻挡不了文化交流的步伐。以儒家文化为主的中国传统文化具有很强的包容性，曾经大度地接纳过佛教文化，承认它的价值并继续给予它发展的空间。所以，我们在对古典名著的跨文化影像改编研究中，不如以更积极和开放的心态吸收域外影像改编的新东西，对我们的文化资源进行重塑，进一步开放我们的内容。创作出既有我们民族文化特色，又能为世界人们所喜闻乐见的文化内容。人类文化是一个大整体，一个民族文化的自我更新必须要在文化交流和融合的过程中完成。因此，研究中国古典名著的跨文化影像改编现状，对我国文化的现代创新不无帮助。

再次，本研究有助于提升我国文化软实力。中国古典名著在域外的影像改编作品，大多在意识形态和文化精神上发生了很大的变异，保留下来的是中国的文化元素，销蚀的是中华文化的价值观念等核心内容，是体现我国文化软实力的内容。因此，对古典名著跨文化影像改编作品进行研究，对提升我国的文化软实力不无借鉴意义。

在全球化的背景下，文化不再是虚无缥缈的纯精神力量。随着各国经济领域合作的日渐深入，也随着文化软实力作用的日渐凸显，各国之间的文化竞争日趋激烈，因为文化产品的输出有助于传播一个国家的文化理念，树立一个国家的正面国际形象。此外，由于文化的亲近感和认同感，文化产品还会形成一定的整合或辐射效应，带动一个国家非文化产品的出口贸易。因此，各国对中国古典名著的影视改编，虽然文化资源是中国的，但是意识形态和价值观念都是异化的。比如美国版的《西游记》中，通篇暗含着基督教的价值倾向，而日本版的《西游记》，则体现出日本神道教和武士道的精神。美版的《西游记》中，强调的是独立精神，个人主义原则，美国至上倾向；日版的《西游记》，表现的则是团队伙伴精神，充满勇气的心。可见，中国古典名著在域外的改编作品，只有资源和某些元素是中国的，文化精神和价值观念已经被完全颠覆了。这正如一些学者提出的"相对于一个经济落后、国力衰弱但敌视美国的中国，美国更希望看到一个经济发展国力强盛但全盘接受美国价值观、认同于美国的中国，这正是克林顿强调'一个强大的中国符合美国的国家利益'的战略意图"[①]。

中华文化虽然是世界几大原生文化形态之一，有着上下五

---

① 韩源：《全球化与中国大战略》，中国社会科学出版社2005年版，第85页。

千年的历史传承和丰富的文化资源。但是，中华文化在现代文化博弈中对自身文化资源的利用和开发能力不强，近年来不断受到外来文化不同程度的异化、冲击和影响。处在全球文化与政治、经济、社会互动的格局下，中国不能仅凭历史上有过的文化辉煌和文化归属感来期待竞争对手在实际的经济利益面前让步。因此，在全球文化大交流的进程中，我们必须强壮自己，面对竞争。参加文化竞争的最好方式是加强对文化资源的利用和开发能力，推出我们自己的文化产品，逐渐增强我们的文化软实力。而对中国古典名著在域外影像改编进行研究也是我们有针对性地开发文化资源、增强文化软实力的过程。

2 《西游记》跨文化影像改编的艺术视阈

在历史故事、民间传说中萌芽,由勾栏瓦肆再经文人书斋成长起来的《西游记》,既汲取了民间文学的丰沛营养,又有着民族文化的历史积淀、文人墨客的诗性情怀。这使得《西游记》文本既拥有民间小说的魔幻性又具有内涵的丰富性。当电影电视这一现代艺术形式产生并传到中国,即开始向《西游记》这一古典小说敞开了怀抱。

中国早在20世纪20年代,就曾出现多部取材于《西游记》的影片。随着大众传媒的快速发展,20世纪中后期以来,港澳地区对《西游记》的影视改编开始出现。《西游记》在东方文化圈的影视传播,以香港特区和日本的《西游记》改编影响最大。香港曾多次改编《西游记》。最早的一部是无线电视台在1996年拍摄的由张卫健主演的《西游记》。这部《西游记》以与80年代后期央视版完全不同的改编风格在香港创下了当年少有的高收视率。最新一部由香港改编的电视剧出现在2002年,这部由香港 NMG 公司投资千万美金拍摄的《齐天大圣孙悟空》，再次由张卫健担当主演，并集合港台多位明星大腕，创下了香港电视收视率的又一个高峰。香港地区对《西游记》的改编影响最大的莫过于周星驰的电影《大话西游》。周星驰分别于 1995 年、1996 年拍摄了由星辉制作公司制作的《大话西游之月光宝盒》《大话西游之仙履奇缘》。这两部电影都极其深入人心。它借用了《西游记》中的故事人物，以周星驰特点十足的大话形式讲述了一个爱情故事。虽然故事全是周氏的无厘头情节，但《大话西游》以其独特的言说形式契合了年青一代对情感、对人生的理解。其中的部分段子更被视为对爱情的经典概括，广为流传、经久不衰，形成了 20 世纪末不可忽视的"大话西游"现象。挟《大话西游》之势，对《西游记》的改编方兴未艾，并席卷全球。

由于既是近邻又有深厚的文化渊源，《西游记》的影视跨文化传播比较有代表性的东方国家是日本。日本先后五次将《西游记》搬上银幕。其第一次改编《西游记》，是在 1978 年 10 月，由日本电视台播出、著名演员堺正章主演的版本。随后在 1993 年和 1994 年，日本电视台又播出了两部分别由本木雅弘和唐泽寿明主演的电视剧版本。日本将《西游记》改编成电视剧最近的一个版本是 2006 年在日本富士电视台播出的由坂元裕二担任编剧，SMAP 成员香取慎吾饰演孙悟空，实力派女星深津绘里反串唐僧一角的版本。这部作品播出首日创下 29.2%

的高收视率，在该台的收视历史排名中位居第四，在日本掀起了新一轮观看《西游记》的高潮。2007年，日本还拍摄了电影版的《西游记》。

《西游记》在日本或者东方文化圈受到的热捧，只能说明中国古典文学在亚洲的吸引力。日本属于亚洲国家，在文化领域对东西方的划分上，日本仍属于东方。20世纪末期，一向对中国文化了解不够深刻的西方国家，也开始出现了对《西游记》的影视改编作品，最有代表性的是美国版 The Monkey King（《美猴王》）。美国NBC在2001年根据《西游记》改编的电视剧《美猴王》则真正说明《西游记》已经走出国门，走出亚洲，走向世界。然而，《西游记》走向西方世界意味着中国古典文化开始"跨异质文化"[①]传播。相比较同一文化圈，异质文化在文化的深层机制、历史环境方面有着更多的差异性，也会导致更多的文化误读与文化变异。有些文化误读甚至很难让人接受。学者叶维廉在《东西比较文学中"模子"的应用》中曾经讲过一个寓言：

> 话说，从前在水底里住着一只青蛙和一条鱼，他们常常在一起泳耍，成为好友。有一天，青蛙无意中跳出水面，

[①] "跨异质文化"和"跨文化"研究是不太相同的，前者更注重中西文化系统之间的差异性。见曹顺庆主编：《跨文明比较文学研究：四川省比较文学学会第六届年会暨国际学术研讨会论文集》，巴蜀书社2005年版，第13页。

在陆地上玩了一整天,看到了许多新奇的事物,如人啦、鸟啦、车啦,不一而足。……他回来看见鱼便说,陆地的世界精彩极了,有人,身穿衣服、头戴帽子、手握拐杖、足履鞋子。此时,在鱼的脑中便出现了一条鱼,身穿衣服,头戴帽子,翅挟手杖,鞋子则吊在下身的尾翅上。青蛙又说,有鸟,可展翼在空中飞翔。此时,在鱼的脑中便出现了一条腾空展翼而飞的鱼。青蛙又说,有车,带着四个圆轮子滚动前进;此时,在鱼的脑中便出现了一条带着四个圆轮子的鱼……①

这个寓言说明,我们在对待异质文化时,往往会以自己的文化背景为出发点去揣摩或理解对方。正如鱼没有见过人,会以鱼所熟悉的模子去构思人。这也是《西游记》在西方文化圈不仅影视改编作品少,而且文化变异大的原因。西方人在解读《西游记》时,也是以他们的文化模子为背景来进行阐释的。《西游记》在西方的影视改编作品除了美国 NBC 电视台制作的电视剧《美猴王》,还有德国 Super RTL 电视台在 2009 年元旦播出的与美国合作的《美猴王》,以及好莱坞电影《功夫之王》,20 世纪福克斯公司在 2009 年推出影片《龙珠:进化》。相对而言,《美猴王》对《西游记》的人物保留最多,所以,

---

① 叶维廉:《比较诗学:理论架构的探讨》,东大图书公司 1983 年版,第 1 页。

下文以《美猴王》为例来阐释《西游记》在西方文化的变异及其原因。

该部2001年由美国 NBC 电视台制作，HALLMARK 电视频道播出的《美猴王》，在制作阵容和模式上都颇具"好莱坞"①色彩。不仅导演和演员阵容强大，中西合璧，而且为了还原故事的中国背景，剧组还专程远到新加坡进行取景。另外，电影作品中还有颇多的电脑特技，原著中的牛怪虫妖，人物的变化仙术，大多由高科技特技设计，更具视觉冲击性和现代性。不仅如此，整个《西游记》的故事情节也完全具有了好莱坞模式的各个要素。美国版的《美猴王》并没有按照中国人的传统意识形态来进行解读、建构，甚至也没有在尊重中国传统意识形态的大前提下进行改编。由于中美两国文化历史背景的差异性和古今文化传播途径和制作模式的不同，美版《美猴王》除了借用《西游记》的名著资源和人物形象，其主题旨向、意识形态、文化意蕴和审美倾向与原著都相去甚远，内容更是产生了很大的变异。

随着计算机技术的产生与发展，动漫与网游开始成为当代影像改编中的重要现象，抛开技术特点不谈，我们仍然可以从

---

① 从地名概念上说，"好莱坞"原是美国加利福尼亚州洛杉矶市郊外的一个小镇。从商业和文化概念上说，现"好莱坞"一词往往直接用来指美国加州南部的电影工业，或者就是代指整个美国的电影产业。本书取的是广义的概念，用"好莱坞"代指美国影视业。

动漫与网游作品对原著的影像改编中发现一些规律性的东西。在国外，以日韩对《西游记》的动漫改编最具特点，也最成功。以孙悟空为主要人物原型的日本动漫《龙珠》，曾在日本甚至在东南亚地区引起了很大的轰动。动画版《龙珠》从1986年2月26日开始在富士电视频道播放，1989年播映完毕。紧接着从1989年春天至1996年初，《龙珠Z》作为动画版《龙珠》的续集又在富士电视频道播放，共播出291集。《龙珠GT》作为《龙珠Z》的续集在接下来的一年多时间里又播出了64集。将近十年的时间，动画版《龙珠》系列以20.5%的平均收视率博得广大观众的欢迎。韩国版动画连续剧《幻想西游记》同样不仅在本国，还在中国引起了极大的反响。

现代影视借助图像和电子技术的再生产方式，很好地克服了语言文字在跨文化传播中的局限性，以其大众性和直观性使《西游记》的对外传播得到了最大限度的拓展。然而，在文学的跨文化传播过程中，"还有许多美学因素、心理学因素和文化因素起着重要的作用，在这些难以确定的因素的作用下，被传播和接受的文学在一定程度上发生了变异"①。所以，无论是日本版《西游记》、美国版《美猴王》，还是《西游记》的动漫作品，包括好莱坞的《花木兰》，虽然资源和故事来源于中国，但在跨文化传播和改编的过程中，不可避免会出现一系列的文

---

① 曹顺庆：《比较文学教程》，高等教育出版社2006年版，第97页。

化误读①、文化变异现象，会更多地带有他国的价值观念和文化特征。正如王国维用叔本华的悲剧理论来阐释中国的文学作品《红楼梦》，被钱锺书批评为"削足适履，作法自弊"，而钱锺书本人对叔本华悲剧理论的解读，也不无主观之处。可见，对于同一文本，不同的读者会有不同的理解和解释，这应该被看成是一种极自然、极正常的现象。②对此，我们要保持开放的心态，尽管对《西游记》的改编方式会有不同，但变异总是存在。从今天的角度来看待问题，我们要关注的重要方面是"变异是在哪个部分发生的？怎样产生变异的？为什么会有变异？"③在跨文化传播的过程中，变异总是存在，现代阐释学和接受美学的研究理论都反对把作品的意义看成是固定不变的和唯一的。然而，从小说到影视，跨越了文字解读到影像阐释的视界④，除了原著的世界观、历史观、艺术观等会被重塑，其影像阐释也必然会打上当代精神和当代思潮的烙印，无论是原著的母题还是人物形象都会在一定程度上代表着当代人的价值取向和影像制作者的艺术观点。本章将主要以日本版和美国版

---

① "误读"概念由美国文艺理论家哈罗德·布鲁姆在其所著的《影响的焦虑》（1975）中提出。在他看来，任何阅读都是一种"误读"的批评，一部文学史即文本间性的关系史，也就是前辈的压抑和后辈以"误读"逃避压抑的相互作用史。

② 李庆本：《跨文化研究的三维模式》，载《文史哲》，2009年第3期，第95页。

③ 曹顺庆：《跨越异质文化》，山东友谊出版社2007年版，第39页。

④ 毛凌滢：《从文字到影像：小说的电视剧改编研究》，四川大学出版社2009年版，第102页。

《西游记》为例，具体探讨这一问题，并将在后面的章节探讨这种种文化误读和变异，以及所涉及的意识形态、文化和思想机理。

2.1　母题的嬗变

"母题"（Motif）这一概念源自民间文学与民俗学研究，其内涵和外延历来有着不尽相同的解释，美国著名的民俗学家斯蒂·汤普森（Stith Thompson）广泛搜罗口头流传的神话、传说、故事和叙事诗歌，从中提取母题两万余个，按 23 个部类编排。他对母题以及母题和类型之关系做过权威性的解释："一个母题是一个故事中最小的，能够持续在传统中的成分。要如此它就必须具有某种不寻常的和动人的力量。"[①] 这里揭示了母题所具有的几个基本特点：一、母题是一个故事中最小的叙事单元；二、母题是叙事作品中能够延续传统积淀的成分，一方面说明母题能够勾勒出一种文化中最本质和共同的文化心理，而且母题本身就是这个民族文化的代表或者组成部分；三、母题具有不同寻常的动人的力量，这种力量来自一个民族甚至人类共同的集体无意识，是人类文化心理最深层的软肋。因此，对母题的挖掘与表现往往体现出一部叙事作品的民族性与深刻性。

我国的古典小说具有丰富的母题类型，保存着民族的宝贵

[①]　[美] 斯蒂·汤普森：《世界民间故事分类学》，郑海等译，上海文艺出版社 1991 年版，第 499 页。

文化密码。比如《红楼梦》中体现的婚恋母题，《水浒传》《三国演义》中反映的忠义母题、反叛母题等。《西游记》不仅通过极其丰富的想象力，制造出人鬼神共存的魔幻世界，而且在愉悦读者的同时，折射出现实社会中的人生百态和深刻的母题寓意。《西游记》中揭示了两种比较突出的母题现象。

一是反叛母题。追求自由与叛逆是人类社会的永恒主题，也是社会文明发展的推动力之一。中国古代大一统的社会状况以及儒家"君君、臣臣、父父、子子"的伦理统治，包括"修身齐家治国平天下"的治国方略，都决定着父、君与权威在很大程度上是一种无处不在的限制性力量。然而处于强权统辖下的弱势力量并非永远那么百依百顺，反叛行为经常在一定的空隙中抬头，并在一定的艺术形式中被唤醒、激活。《西游记》中的反叛精神以孙悟空为代表，孙悟空的反叛行为以大闹天宫为中心事件。有学者评论道："大闹天宫彻底否定了神圣不可侵犯的封建统治秩序，特别是君权——皇帝轮流做，今日到俺家。历尽劫波的西天取经又彻底否定了精神领域的传统观念——神权，表现出朴素的唯物主义和民主意识。"[1]

二是历险母题。《西游记》中唐僧师徒经历的九九八十一难，寓意着人必须经历千辛万苦才能取得最后的完美。这又何尝不是人类社会的共同主题，每一个人在完善他生命价值的过

---

[1] 梁一儒、户晓辉、宫承波：《中国人审美心理研究》，山东人民出版社2002年版，第188页。

程中都经历着不同的波折或劫难。中华民族向来有着"吃亏是福"的民族心理和乐天知命的思想特点，冒险一般都被视为不理智的鲁莽行为，这种思维在新兴崛起的年轻一代中有所改善。其实征服与冒险作为人类的一种本质潜能一直在我们民族血液的深层蛰伏。正是因为现实生活中缺乏波澜和刺激，艺术作品中的历险与激情才会大受欢迎。

在日本影视版《西游记》中，原著母题发生了深刻的嬗变。

一是继承了历险母题，强化了伙伴和团队的重要性。从某种程度上说，历险是人类社会借以进步的动力之一。所以，历险母题也往往超越民族国界，成为世界各国文艺作品表达的相同主题。历险母题同时具有很强的娱乐性，往往是小说和影视吸引人的因素之一，这也是《西游记》广受域外欢迎的原因之一。在各种日版《西游记》影视版本中，基本都继承了历险的母题结构。从1978年的电视剧版本到2006年富士电视台推出的11集连续剧，以及2007年暑期最新推出的电影版《西游记》，无一例外唐僧师徒都是历经劫难才终成完满。不同的是，在日本版《西游记》中的历险母题中，强调了伙伴和团队的作用。

在日本版《西游记》中，无论是电视剧还是电影，虽然三藏法师、悟空、八戒、沙悟净的身份还是师徒四人。但较之原著少了些师父、大师弟、二师弟之类的等级观念，更多强调了一种团队关系。在日本版中,每一集都用片头式的画外音介绍故事背景:"这是龙还在天空中飞翔时候的故事,一个叫三藏法师的和尚为了寻求世界的和平,去西方取经。跟随他的有三个妖怪,孙悟空、沙悟净、猪八戒。"这里直接用了三个妖怪而非三个徒弟的身份来介绍这个团队。在剧情中三藏法师救出被压在五行山下的孙悟空,向他介绍已经收为徒弟的八戒和沙悟净时也是说:"这是我的两个伙伴",再一次强调了伙伴的身份定位。在电视剧第一集《火之国》中,孙悟空遭师父误会被逐出师门,真相大白时三藏法师最为愧疚的是自己没能相信悟空,相信伙伴。在最后一集《天竺卷》中,前来迎接三藏法师面见如来的使者声称只有三藏法师能够进入天竺,其他三位因为妖怪的身份俱不能进入天竺。三藏法师说:"我和他们约好一起去天竺,我一个人不能去。"在遭到拒绝后,三藏法师坚持道:"天竺难道不是为寻找帮助的人所存在的地方吗?他们不懂经文但他们学着体恤人心,他们学会帮助别人。他们吃不饱饭,喝不上水,是和我一起艰苦奋斗的人,如果他们没有资格,我也没有资格。"诸如此类重视团队和伙伴的情节和细节,在电视剧和电影表现的师徒四人前往天竺取经的历险过程中随处可见。

二是弱化了反叛母题,突出了勇气和坚信正义之心的重要性。原著《西游记》开篇即塑造了孙悟空的反叛形象,从第一回"灵根育孕源流出,心性修持大道生"悟空出世到第七回

"五行山下定心猿",泼墨渲染了悟空的大无畏反叛精神,到阴府除名、从海底寻宝,遂至大闹天宫。而在日版《西游记》中,这一母题普遍有所弱化。在1978年版的电视剧《西游记》中,尚有反映孙悟空大闹天宫的情节,不过重点表现了如来对悟空的收服。在日本版《西游记》中,已经完全省略了悟空出生以及大闹天宫的情节,一出场就是师徒四人,只是用回忆的方式提到了三藏法师从五行山下救出悟空的场面。虽然传统的反叛母题在日版《西游记》中有所弱化,但加强了对勇气、坚信正义之心等元素的表现。日本版《西游记》中随处可见创作人员在这方面的用心,首集便开宗明义突出了坚信正义之心的重要性。三藏法师为救以前师父的女儿,甘作替身去当祭品,深入魔窟,在孙悟空说出三藏的师父在出卖三藏法师以求保住女儿和村庄的内情后,他依然深信师父的无辜。最终震撼了师父,打败了魔王。这样的细节在剧中多次出现,充分表现了三藏法师坚信正义的仁爱之心。另一方面,与原著中孙悟空保护唐僧西天取经为了"成佛成圣"的目的不同,日本版《西游记》中孙悟空与三藏法师相约去天竺取经是为了感受人类勇气的重要性,完善他那颗石猴的心灵。三藏法师把悟空从五行山下救出来时,和孙悟空有一番对话,三藏拿了块石头对悟空说:"你就像石头一样硬,但缺乏勇气。"悟空说他很有力气,三藏说:"勇气并不是无穷的力量,是为他人着想的,坚强的心。和我一起去天竺,去寻找真正坚强的心"。在这里,取经的价值与其说是为了结果，不如说在于过程。而悟空在去天竺的艰辛路途中确实学会了分享他人的幸福，分担他人的忧愁。他因自己的孤独而怜爱那些失去父母的孤儿，他因自己没有母亲而舍命保护别人的母亲，他领略到了勇气是为他人着想的坚强心灵。一个天地孕成的石猴，他的心因勇气而温暖，因温暖而不再孤独。无独有偶，2007年电影版的《西游记》主题也是强调了勇气的重要性。①

三是强化了婚恋母题。婚恋是人类社会的永恒主题。明代中后期，在强调个体意识的哲学及艺术思潮的引领下，中国人被压抑了许久的心理需求和欲望得到了前所未有的释放，出现了《牡丹亭》、"三言二拍"、《金瓶梅》等一系列世情小说。由于《西游记》的特殊主题与神魔色彩，《西游记》中的孙悟空与沙悟净始终是跟婚恋无关、几乎没有性别意识的人物形象。唐僧在一路上虽不断有女色相诱，但他一心向佛，坐怀不乱，因有着克服人性本能的坚强意志而让人肃然起敬。唯有猪八戒因难断"色戒"留下无数笑料，先有调戏嫦娥之丑闻，又有高老庄抢亲之事实。在第二十三回"三藏不忘本，四圣试禅心"中，欲放弃取经、留下当人女婿的也是他。可见原著中的婚恋

---

① 2007年电影版《西游记》：金角大王和银角大王控制了虎国，虎国的人们因为恐惧失去了勇气，导致万木凋零，黑云遮日。在三藏师徒的带领下，人类战胜了恐惧，他们团结在一起，成为强大的一队，创造出拨云见日的勇气，最终无愧虎国子民的英雄称号。

母题是非常弱化的,甚至因为与取经的原旨相背而带有一种诙谐调侃色彩。而在日本版《西游记》中,感情戏的成分明显加重。除了三藏法师一如既往没有任何"绯闻",悟空、八戒、沙悟净无一例外都有荡气回肠的恋情故事。《温泉之国》中,因猪和妖怪的双重身份深深自卑的八戒得到了漂亮姑娘春丽的主动表白,八戒深受鼓舞并爱上了她,决定为她放弃天竺之行。春丽其实是为了救出母亲和心上人不得已欺骗八戒。得知真相后的八戒痛苦自卑,找不到自我。最后他还是抛开前嫌,和师父们一起救出了春丽和她的家人,继续踏上了西行的道路。《砂之国》中,连原著中最沉默寡言的沙悟净也邂逅了旧恋人金鱼,经受了一场爱情与诚信的考验。① 第十集《灭法国》中,一路上与悟空斗嘴斗气的小偷女凛凛原来是灭法国的唯一公主,她未来的丈夫将是灭法国王位继承人。灭法国是妖怪之国,众魔对三藏法师虎视眈眈。一直偷偷喜欢悟空的凛凛决定和悟空举行结婚典礼,以保护师徒四人顺利西行,婚礼上为保护悟空她被恶魔安排的飞刀所伤,引发悟空真情外露……婚恋主题是文学作品中永恒的主题,原著《西游记》对婚恋题材进行了弱化,即使涉及也大多带有调侃色彩。日本版《西游记》无疑对

---

① 2006年富士版《西游记》:沙悟净和金鱼以前曾经一起跟随混世魔王,两人相约要逃离结婚。但金鱼恐惧魔王威力,毁约而与他人结婚。两人意外重逢,这次金鱼的身份却是唐僧师徒四人看守的囚犯。金鱼恳求沙悟净放她回去看一眼她的孩子。沙悟净再次面临爱情与诚信的考验,最后沙悟净以自我牺牲的精神,成全了爱人,重新回到了取经的团队。

爱情有很多正面的探讨和描绘，使电视剧更具现代气息和观赏性。

母题的嬗变是《西游记》在跨文化传播过程中内容变异的重要表现。在跨文化的传播过程中，内容的变异一方面是来自异域的文化对原著文化的解读或融合，比如在历险的过程中，强调伙伴和团队的重要性，弱化反叛色彩，突出勇气和坚信正义之心的重要性。这些都和日本文化的传统和文化思维息息相关。母题的嬗变还跟当下时代的特征相关，对婚恋主题的凸显、对诚信的描绘，都使当下人对自己的职业和生存状态感同身受，使《西游记》在不同的时空背景下仍然能引发人们的关注和思考。

2.2 人物的重塑

小说作品中人物形象的塑造往往是决定故事内容成功与否的重要因素。唐僧师徒四人的经典形象曾经陪伴着一代又一代中国人童年的岁月，激荡着他们儿时的梦想。在影视剧中，人物也是推动叙事的核心，戏剧的冲突和对抗更离不开人物。"我们能够想象人和人之间的或者人和他的环境——包括社会力量和自然力量——之间的戏剧性斗争。但我们要设想一出只有各种自然力量对抗的戏可就难了。"① 在影视剧的人物改编

---

① [美] 约翰·霍华德·劳逊：《戏剧与电影的剧作理论与技巧》，邵牧君、齐宙译，中国电影出版社 1978 年版，第 207 页。

中，形象塑造之难在于既要受到原著中人物的制约，又要融合当代人对于人物的新的理解，体现出现代观念的影响。"因而，人物形象的改编始终是在历史与现代的交叉点上进行，渗透着人类对历史与现实的反思。"① 可见，日本版中的《西游记》人物也穿越在历史与现代之间，其人物形象的重塑，不仅在于人物造型的重塑，还在于人物性格的重塑。

2.2.1　人物造型的重塑

历年来日本版《西游记》的人物造型因为种种原因与原著都有较大的不同。在富士版《西游记》中，除了保留了原著中三藏法师、悟空、八戒、沙悟净等师徒四人，以及牛魔王、红孩儿等少数人物外，其他的人物都与大家熟悉的《西游记》不同。在对原著人物的改编中，尤其引发争议的是唐僧形象的变化。中国文化中的唐僧是相貌轩昂的男子，虽是僧人，同时也是有着唐朝大国风范的"御弟"形象。但是日本版《西游记》中的唐僧一般都是由女演员扮演。② 富士版《西游记》的三藏

---

① 姚小鸥：《中国名著的电视剧改编》，中国传媒大学出版社2005年版，第95页。

② 早在1978年日版的《西游记》中，唐三藏就由女演员夏目雅子饰演，在日本人心目中集美貌高贵于一身的夏目雅子，使这个形象大获成功。她的成功，直接导致以后各个版本唐僧皆由美丽女演员饰演，并一一拿来与之比较——宫泽理惠、深津绘里，差不多每一位"唐僧"扮演者都要在挑剔的目光和唾沫中经受洗礼。

法师由女演员深津绘里扮演，脱去了袈裟，着白冠白袍，除了慈悲为怀，还不时表露出女性的细腻和柔美。这着实令观众大跌眼镜，产生心理落差，甚至引发网民对日剧糟蹋中华文化的强烈不满。其次是孙悟空的造型，富士版的孙悟空留着时髦的黄头发、淘气、爱冲动。他摆脱了纯英雄形象，说话大喊大叫，言行举止颇具搞笑色彩。筋斗云也演化成了由一片羽毛变成的滑板。八戒戴一顶红绿条纹相间的帽子，穿对襟短袍，九齿钉耙缩水到了五齿，除了一对招风耳之外，外貌无异于常人。最老实的沙师弟也不再整天挑着担，而是改用两把小叉走江湖……

早期动漫作品中较有代表性的是日本寺田克也的漫画《大猿王》，作品充满了对《西游记》原著的改造意味。《大猿王》中的孙悟空与传统《西游记》里正直勇敢的孙悟空形象完全不一样，他杀人不眨眼，内心充满了被关押500年的仇恨，已经从一个正面的英雄形象改变成一个妖怪形象。你不会想象到平常善良、仁慈的三藏在《最游记》里是一个握着手枪的金发和尚；聪明的悟空又会变得很孩子气，而且有点傻；一直给人老实、憨直印象的悟净在《最游记》里却是一个好色的河童；而一向好色的八戒又会变成一个十分重情的斯文俊男。总体上说，《最游记》里面的大部分男性角色都有日本式的大男人主义。[①]

[①] 易欣欣、生喜：《影视动画经典作品剖析》，海洋出版社2004年版，第42页。

20年来，《最游记》得到了很高的市场认可，也在动漫、游戏、舞台剧以及周边产品等广泛市场上获得了空前的成功。

影像改编中，对原著人物进行变形再造会冒失败的风险，但一旦成功，也会带来夺目的娱乐效果。跟影视相比，动漫或网络作品不需要演员的参与，这就给角色的造型带来很大的变形空间。《西游记》中的孙悟空在域外的动漫中有着诸多的变形形象，既有手冢治虫笔下可人的小熊形象，也有寺田克也手下怪兽般的狰狞造型。近十年来，还出现了一些英俊少年造型的孙悟空形象。很多时候，角色的娱乐设计不只考虑单个的角色如何更幽默风趣，不同角色的组合效果也是十分重要的。相声艺术中两个演员一高一矮、一胖一瘦这样的外形对比搭配，通常让观众感觉这两个人很有趣。优秀的动画角色设计有时摆脱了客观常理的限制，把这种对比夸张进行了变形放大，从而产生特别的娱乐效果。[①]比如在日本山口贵由的漫画《悟空道》中，三藏是一妙龄少女，悟空是个满头红头发的壮实小伙，人物的出场本身就给人一种娱乐的效果。另外，动漫中还能对人物进行唯美化的变形，不管是葵露梦的《猴王五九》中的少女苏西，还是鸟山明的《七龙珠》中的少女科学家布尔玛，还是牛魔王的女儿琪琪，一律是有些欧化的大眼睛、长睫毛、小嘴巴形象，身材都很修长，眼睛神采流溢。她们的"长发或垂放

---

① 朱佳：《浅谈卡通动画的娱乐设计》，载《艺术教育》，2009年第11期，第133页。

如披泻的瀑布，或做成各式的时尚颜色与形状；人物的服装、配饰也极尽匪夷所思之能，其架构设计之巧，不但完全符合现代的流行审美观念，而且还有超越并领导之势"①。《最游记》中的三藏、八戒、悟空、悟净等男子也同样具有美女气，气质飘逸，眼神凄冷的"酷"类型在青少年观众中风靡一时，给人以夸张的美感。

在韩国版动漫《幻想西游记》中，唐僧不是骑马而是开着吉普车；孙悟空头戴飞行帽，手拿双截棍，脚踏超级滑板；猪八戒则戴着墨镜，扛着火箭筒，还骑个摩托车……他们师徒四个的任务也不是去西天取经，而是驱逐恶魔，在世界上种下善良的种子。这个动漫取得了很好的视觉效果，对现代观众具有很大的吸引力。日本动画之父冢治虫大师创作的《我的孙悟空》，在日本影响甚大。在创作过程中，手冢治虫也曾经考虑过使用京剧脸谱形象，但最后还是画成了像小熊一样的孙悟空。画面中的猴子们都圆滚滚的，圆脸熊相，又有几分酷似"铁臂阿童木"，与中国观众熟悉的"尖嘴猴腮"有很大差别，拿着金属质感十足的金箍棒。②手冢治虫版《西游记》故事虽然取材自中国的传统名著，却有了许多新时代的创新：抽香烟的佛祖、肩扛火箭筒的猪八戒……"顺风耳""千里眼"两位神仙

---

① 贺丹：《日本动漫全球传播对中国动漫的启示》，华中科技大学硕士学位论文，2007年。

② 宫承波：《动画概论》，中国广播电视出版社2007年版，第23页。

也走高科技路线，用上了飞行摩托作为交通工具。这许多新奇的构思揭开了日本漫画业的改编狂潮，许多人都竞相模仿，结果不仅大大拓展了日本动漫的取材，而且使人物的性格和内涵方也更有时代气息。在《我的孙悟空》中，孙悟空与其说是一个神话人物，不如说是一个现代少年。手冢治虫为孙悟空创造了新的对手——邪魔昆仑仙人，是他创造了悟空，并且处心积虑地想让他成为自己的复仇工具。在与邪魔作战的过程中，孙悟空想要变得更高、更快、更强，并且意志坚定，这个念头太过强烈，使他一度失去了友情和爱情。最后，当他遇到真正的伙伴唐僧、猪八戒、沙和尚时，终于找到了最真实的自我，成长为一个正直坚强的勇敢少年。可以说，手冢治虫版的孙悟空更注重人物成长和转变的心理历程，也更能激起现代人的欣赏和共鸣。除了孙悟空，其他人物也更具有现代性。沙僧是另一个被颠覆的人物。原本憨厚朴实的沙僧，在手冢治虫笔下也有了十足卡通意味："如果不说它是沙僧，你肯定不会想到，这只尖耳长鼻、留着八字胡、酷似老鼠的灰色动物会是唐僧最为老实勤勉的徒弟。"[①]

总体上说，四个主要人物造型与原著变化颇大，一方面是更具有时尚特征，更注重贴近观众；另一方面兼顾视觉效果，既注重动态上的造型互补，也注意静态上的颜色搭配，在视觉

[①] 李笑寒：《日本动漫创作中的中国传统文学题材研究》，华中师范大学硕士学位论文，2008年。

效果给人以鲜明的印象。

2.2.2 人物性格的重塑

如果说人物造型的重塑体现出《西游记》跨文化传播过程中影像语言对文字语言的重塑作用,那么人物性格的重塑则更多体现出鲜明的大众特征和民族文化传统的差异,通过改编过的人物,不同民族的人们往往观照到自身精神世界的幽微之处。

(1) 主要人物性格的重塑

从早年1978版电视剧到2006版电视剧,日版《西游记》中的人物形象愈来愈趋近于普通大众。2007年电影版《西游记》的制片人铃木吉弘在接受采访时说,他们给这部《西游记》的定位是让一家老少喜闻乐见,所以设计人物性格时注重让孩子产生共鸣。他说,与中国的同类作品相比,这部日本《西游记》最大的不同在于弱化了悟空的能力和三藏法师的性格,以便让他们更接近观众,让观众更容易感受人物的苦恼和奋斗精神。[①] 在师徒四人中,性格变化最明显的当数孙悟空了。在原著中,孙悟空几乎是一个带有神性的英雄形象。他大闹天宫、聚众起义。他变化无穷,神通广大。在西行路上,他克服狂风、烈火、流沙、大河;战胜山妖、水怪、恶兽、毒虫。他

---

① 日本《西游记》改头换面,中国网,http://www.china.com.cn/chinese/zhuanti/resource/1244112.htm (访问时间:2006年6月16日)。

也不近女色。他是高于普通老百姓的一个神性形象。而在日本《西游记》中，尤其在2006、2007版影视剧中，孙悟空的性格更加接近于一个普通人的形象。他有急躁、孩子气的一面，取经途中，大叫大嚷渴死了、饿死了的是他；也有嫉恶如仇、正义刚强的一面，每次要与妖魔鬼怪决斗之时，激昂呈词、历数妖怪诸般恶行的也是他。此外，剧中还浓彩重墨地刻画了孙悟空温柔细腻的一面，这是与原著不同的地方。在《小儿国》中，孙悟空给一个叫纯纯的孤儿和他的弟弟妹妹们当起了爸爸，哄婴儿睡觉，帮孩子们做饭，甚至为了取得他们的信任和尊重，苦心学习并参加他们赖以生存的工作——刺绣。这一切是因为孙悟空有着同样的寂寞感，没有父母的寂寞感。不管有多少力量，打败多少看不顺眼的家伙，还是消除不了那种寂寞感。在《花之国》中，因为翠玲曾经假冒过他的妈妈，他不惜冒着生命危险去为中毒的翠玲寻找解药。最后由翠玲道破了孙悟空的心事，翠玲说："谢谢你救了我，我从此把你当成我的儿子，你想妈妈的时候，也可以想想我，其实你并不孤独，你的那些伙伴，他们一直陪伴着你，他们是你最重要的人。"这样浓彩重墨的细节描写，让观众深切地感到孙悟空的快乐和追求、孤独与无奈，他离我们并不遥远，他就在普通人的左右。

其次是三藏法师的性格。原著中三藏法师的性格是比较多面的。取经意志坚定、佛门心愿虔诚是他的优点，但他更有懦弱胆怯、贤愚不分的一面，甚至对徒弟也不乏功利薄情之处。

在"尸魔三戏唐三藏,圣僧恨逐美猴王"一回中,孙悟空三打白骨精,唐僧写下贬书,逐他而走,悟空苦留不得,要跟师父最后拜别,唐僧转身不睬,嘴里却说"我是个好和尚,不受你歹人的礼"①。相对而言,日剧中三藏法师性格更具有团队领袖的作风,其性格的变异比较集中地体现在三个方面。第一,日剧中的三藏法师历来由女演员扮演,弱化了三藏法师不近女色的优点,日剧中的三藏法师较少受到来自异性妖怪的干扰。而在原著中,抵抗异性的引诱是表现三藏法师佛门意志坚定的重要特征之一。第二,彻底改变了三藏懦弱胆怯的性格倾向,而是变得坚强勇敢、富有自我牺牲精神。原著中的三藏是等待拯救的对象,还时时贤愚不分。日剧中的三藏每次都和徒弟们一起亲临除妖现场,一起参加战斗,虽不是武艺最高强者,却是徒弟们同生死、共患难的伙伴。他可以为了徒弟牺牲自己,在《花之国》一集中,为了瓦解混世魔王企图分解他们师徒联盟的鬼话,即人类是不可能相信妖怪的,他拼着性命吃下一颗带毒的种子,让混世魔王看到了他们师徒之间的伙伴情谊。第三,突出了三藏法师在团队中的领袖作用。三藏法师在团队中不是最强的一个,却是当之无愧的精神领袖。每次最艰难的时候,他总会给徒弟们以精神上的支撑。在沙漠中,悟空、八戒、悟净为水争斗,三藏却将自己水壶里的水倒出来浇灌了沙漠里的

---

① 吴承恩:《西游记》,上海古籍出版社1998年版,第278页。

一丛小花。三藏说："我们的旅程不是到了天竺就结束了，如菩萨所说，只有一步步走过艰难险阻，我们才有资格取经。比起争水喝，还是用花的美丽治疗心灵吧。"正如八戒和沙悟净两人劝说负气离去的孙悟空："你已经忘了师父五百年前把你从山下救出来了吗？"悟空说："我一路上降妖除魔，偿还他已经够多了。"沙悟净劝道："师父的恩情我们是无法偿还的。"八戒接着说："他给我们以心，这不是用距离能够衡量的，心只能用心来偿还。"悟空、八戒、沙悟净作为跟随他的三个妖怪伙伴，天竺之行不仅是取经，更是在艰难困苦中收获了勇敢、坚强、信任等人类得以繁衍的优秀品质，使自己的心灵得以丰满和完善。

《美猴王》在弱化团队的同时，强化了唐僧（尼克）的英雄性格，把他从中国古代的一位和尚转变成美国现代社会一个研究《西游记》的学者，一位非常普通的美国人——尼克。但在偶然的机缘里，当他被赋予特殊的拯救任务时，尼克展现出在平时生活里所没有发现的闪光点。他在天崩地裂中孤身闯过秦始皇陵的机关；他为了从五行山下救出孙悟空，经受了猛虎和火山的考验；为了练就打败魔头徐忠诚的武功，他一次次超越自己的极限。最后，他凭借着拯救世界的责任心和自身永不言败的精神，带领着来自"东方"的徒弟们战胜了强大的敌人，同时战胜了自己人性的弱点。最终，他帮助吴承恩保住了他的《西游记》，也使现代文明免受了一场灭顶之灾。《美猴王》通过唐僧（尼克）的形象完美地体现了美国式的个人英雄主义精神。英雄主义传统也是美国电影中一个永恒的主题，不论是在西部片、动作片还是警匪片中，都会塑造出不同类型的英雄形象。世界被一个"大英雄"或者"小人物"的英雄行为从灭亡的危险中救出，这种情节在好莱坞电影中屡见不鲜。显然，"英雄、俊杰、楷模、典范是所有民族的文学中不可或缺的，从远古的史诗到近代的电影莫不如此。"[①] 好莱坞影视作品中的英雄总能惩恶扬善，匡扶正义，而且都有着超人的勇气和能力。只是，这种英雄性格和原著《西游记》中四大皆空的和尚形象发生了较大的变异或错位。

猪八戒和沙悟净的性格塑造在日剧中也更偏向普通人。原著中的猪八戒是个缺点比较集中的带有一些喜剧色彩的人物。他贪吃、贪睡，还贪色，他偷懒、耍赖，还带点自私自利。总之，他的性格集中表现了很多人性的尤其是小生产者的弱点。日剧中的猪八戒相对更接近普通人，他最大的愿望是有吃不完的东西，他贪吃但不贪睡，他会为小猪的身份而自卑，甚至还会为情所困，因为一个姑娘的爱而忘了自己。沙悟净在原著中是一个最为弱化的形象，他吃苦耐劳，他讷讷无言，他在这个师徒四人的团队中表现出很大的宽容与合作，有时甚至充当"和事佬"的角色。总之，沙僧的性格在四人中最为内敛不显。

---

① ［匈］贝拉·巴拉兹：《电影美学》，何力译，中国电影出版社1982年版，第267页。

在日剧中，沙悟净的形象得到了更多的张扬，既继承了原著中沙悟净内敛的特点，又突出其冷静、分析能力强的一面。在事件处于矛盾冲突状态中时，相对孙悟空的冲动、猪八戒的迟钝，最能一语中的、冷静处理问题的就是沙悟净。

(2) 次要人物性格的重塑

除了主要人物以外，日本对原著次要人物的形象与性格也进行了改造。首先是老子形象对观音形象的替代。原著中救苦救难、每次遇到险情必能逢凶化吉的观音形象始终没有出场。相对于既慈悲又能量无穷的观音菩萨，老子则显得力量很弱，没有降妖除魔之本领，也未见未卜先知之神机，他最大的作用就是每当师徒四人把妖怪拿下之后，拿条绳索把妖怪绑走，带到天庭问罪。与观音的绝对神圣、权威形象相比，老子的形象弱化了神性，增强了人性，甚至偶尔还与悟空拌嘴吵架，互不相让。其次是凛凛形象对白龙马形象的替代。日版《西游记》中没有出现白龙马的形象。为了突出三藏与孙悟空、猪八戒、沙悟净的伙伴关系，三藏和徒弟们一起步行前进。但凛凛作为一个小偷女的形象总有意无意地与他们结伴同行。她的胆大任性、她的刁钻野蛮，为剧情带来很多时尚因素，而最终凛凛公主身份的揭示，以及她舍命保护孙悟空的深情，又体现出人物的丰满性。最后是妖怪形象的变异。原著《西游记》中的妖怪多为兽虫树怪等变异而来，外形上奇形怪状类似于动物的模样，很符合中国人对"怪"的想象。日版《西游记》中的妖怪大部分是人形，只是身上有几处与人不同的标志。另外，日版《西游记》中的妖怪是更具有独立人格、复杂内心世界的妖怪。他们的言行往往反映出现代世界的光怪陆离。《梦之国》中，有一个妖怪设置了一种梦境，这个梦境满足人们的各种要求，实现人们最想要的愿望。虚无的梦境让人沉醉，进去的人们没有一个愿意再回到现实。人们在梦境中徘徊，被吞食掉的是现实的奋斗，失去的是自己的梦想和明天。就如浮士德的精神一样，人们如果满足了，一切也就停止了。这样的妖怪和这样的妖术，启人神思，发人深想。与原著相比，日版《西游记》中妖怪的性格和行为确实更为立体多元。

总而言之，日版《西游记》中的人物性格都有较大的改变，总体倾向是综合了他们的强弱特点，让他们更接近普通人，能让观众更多地体会到他们的情感与脉搏，拼搏与疲惫。

2.2.3 人物关系的重塑

在《美猴王》中，对原著《西游记》故事中的人物形象变动较少，保留了孙悟空、沙僧、猪八戒、唐三藏、观音等主要角色。但是由于改编方是美国人，从制片人、编剧到导演也大部分都是美国人，所以剧中体现出来的文化的差异较多表现在人物关系和人物身份的定位处理上。

首先是对唐僧（尼克）师徒关系的重塑。黑格尔指出：

"民族的宗教、民族的政治制度、民族的伦理、民族的法制、民族的风俗以及民族的科学、艺术和技能,都具有民族精神的标记。"① 相对而言,美国是一个盛行个人主义,提倡个人奋斗的国家。因此,《美猴王》中的唐僧和原著中有较大出入。原著中的唐僧虽然取经信念坚定,但手无寸铁,且唐僧肉是各路妖魔求得长生不老的良方,所以唐僧处处需要徒弟们的保护;悟空、八戒、沙僧三人虽然个个武艺不凡,但是佛家教义不如师父娴熟,学佛的定力、悟性都需要向师父学习。因此师徒四人在取经途中同荣辱、共进退,以一个集体团队的形象出现。而在美国版《美猴王》中,四人团队形象被弱化,恰恰凸显了唐僧(尼克)的英雄形象。这里的唐僧不再是原著中那个手无缚鸡之力的和尚,而是一个通过刻苦训练,逐渐练就高强武艺的美国拯救者形象。唐僧(尼克)把孙悟空从五行山下救出来,孙悟空的任务不是保护唐僧去完成他的历史使命,而是成为唐僧的武功师父,教会唐僧武功,让唐僧自己去完成他的历史使命。从这个意义上说,原著中的师徒关系已经被进行了再加工。至于八戒和沙僧,在完成保护《西游记》手稿的使命中更是处于配角地位。在天界法庭审判的关键时期,八戒甚至因为被对手要挟,不得以还出卖过唐僧。

另有一处人物关系的重塑是凭空制造出唐僧与观音的爱情纠

---

① 黑格尔:《历史哲学》,王造时译,商务印书馆1964年版,第104页。

葛。在《美猴王》中，观音在仙界也不是西方极乐世界中佛的一员，她成为天界众多仙姑中的一个。而唐僧也不是一个出家人，而是现代美国社会中研究《西游记》的年轻学者。唐僧在第一次见到观音的化身时，就为这个美丽的东方女子所倾倒，正是在她的召唤下，唐僧才去攻克充满机关的秦皇陵，从凡间走向天界。在唐僧苦练武功而进步甚慢的过程中，也正是观音的点化和鼓励，他才取得了质的飞跃。而观音也在点化并指导唐僧完成他的历史使命的过程中对唐僧产生了感情，两个人陷入爱情的旋涡。

在好莱坞各种类型的电影中，爱情模式是出现频率最高的一个。"爱情几乎贯穿在所有的类型片之中，西部片中的牛仔，戏剧片中的流浪汉，动作片中的英雄以及黑帮犯罪片中的犯罪老大，都有自己的爱情生活。"① 在西方世界的意识形态中，如果一个人没有爱，那这个人就不具有作为人的基本人性。但一般情况下，单纯的爱情很难成为一部作品的情节主干，它常常是作为一种叙事元素完美地渗入到影片的社会叙事里去。正如在《珍珠港》对战争历史场景的重现中，水乳交融地展现了爱情的发展。在《美猴王》中，也免不了好莱坞模式中最重要的爱情因素。"好莱坞的爱情片有一个大致的模式：至死不渝的情人、身份的差异造成的曲折和不顾一切的激情。"② 美国学者

---

① 蓝爱国：《好莱坞主义：影像民间及其工业化》，广西师范大学出版社2003年版，第31页。

② 同上书，第29页。

尼克和观音相爱这一线索不仅仅是剧情的一个点缀,也是推动整个情节向前发展的驱动力之一。尼克最初决定参与拯救行动是因为对观音的倾倒,在他为了准备与邪魔徐忠诚进行战斗而练习武功时,也是观音"爱的鼓励"使他信心倍增,最终学成武艺。然而他们的爱情却遭遇了身份的差异问题。观音作为一位仙姑,帮助别人是她的职责和工作,也是她获得法力的源泉所在。当她内心深处六根未净,为情所困时,她发现自己失去了法力。尼克师徒四人的情况每况愈下,观音曾一度想放弃这段感情换回自己的法力,以帮助他们师徒四人。但她发现自己做不到,观音陷入深深的痛苦。尼克为了帮助观音恢复法力、重新快乐起来,做出了与观音斩断情丝的决定,这让观音陷入更深的绝境。爱情元素的加入使剧情在拯救的主题之外更加跌宕起伏,峰回路转。而男女主人公的爱情两难处境也是吸引观众眼球的重要因素。

《美猴王》考虑到中国民族特性的问题,在这部剧作中没有出现好莱坞爱情剧目中一贯比较激情的爱情表达方式。好莱坞还吸收了一些东方传统文化的精髓,把尼克和观音之间的爱恋表达得含蓄、克制,充满了理性与情感的煎熬。但是,中国文化中的观音菩萨,集"真、善、美"于一身,她超凡脱俗,普度众生,慈悲为怀,体现着佛教中的"无我"。原著《西游记》中唐僧信念坚定、一心向佛、终成正果。美国版的唐僧不仅最终完成了拯救世界文明的使命,还成功地把仙界的观音带到人间，两人开始了人间的幸福生活。这不仅是人物关系的艺术重塑，也是跨文化的误读与变异。

2.3　情节的改造

关于情节，我们常用的定义是亚里士多德在《诗学》中所说的"情节是悲剧的根本，用形象的话来说，是悲剧的灵魂"①。在这里，亚里士多德对情节的重要性进行了描述，他把情节放在了构成悲剧的六要素之首，但是并未对情节下定义。另外一个人们广为引用的定义是 20 世纪初期，高尔基对情节进行的简要总结："文学的第三要素是情节，即人物之间的关系、矛盾、同情、反感和一般的相互关系，各种不同的性格、典型的成长和构成的历史。"② 在这里，情节不再是单纯对行动的模仿，而是人物性格的成长和构成的历史，也就是说，情节越来越倾向于作者所讲述的故事，那么，情节到底是不是就是故事？对这个问题，E. M. 福斯特做过专门的表述："故事是按照时间顺序来叙述事件的。情节同样要叙述事件，只不过是特别强调因果关系罢了。如'国王死了，不久王后也死去'便是故事；

---

① ［古希腊］亚里士多德：《诗学》，陈中梅译，商务印书馆1996 年版，第64 页。

② ［苏联］高尔基：《文学论文选》，孟昌等译，人民文学出版社 1959 年版，第 297 页。

而'国王死了,不久王后也因伤心而死'则是情节。"① 也就是说,所有的情节都包含有故事的因素,但是并不是所有的故事都是情节。情节有别于故事在于它对因果关系的强调,在于情节的相互推动使得情节朝着结局的方向推进,因此才会出现情节冲突、悬念、甚至不同的叙事模式等。

在原著《西游记》中,主要采用了单线式的情节结构,唐僧师徒西天取经是故事发展的主要线索。主要的情节冲突一方面表现在取经路上唐僧师徒不断遇到妖魔的阻滞,师徒四人不得不斩妖除魔,攻克一个个难关,寓意着人必须经历千辛万苦才能获得最后的完满和幸福;情节冲突的另一方面以孙悟空形象为代表,表现了人追求自由的本质与不得不接受约束的现实状况。

在美国版《美猴王》中,主要情节线索采用平行结构的方式。一条线索是徐忠诚等人对《西游记》原著手稿的焚烧计划。另一条线索围绕观音等人保护《西游记》手稿的斗争展开。在《美猴王》中,《西游记》手稿产生在一个执行焚书坑儒政策的年代。那个年代,皇上诏令禁止一切进步事物的存在,中国必须恢复过去旧有的价值与传统,作家只能一再复述过去的古老传说。所有宣传进步思想的学者都惨遭迫害,包含进步思想的书籍都被销毁。吴承恩一生努力遵循法令,但是到了晚

---

① [英] E. M. 福斯特:《小说面面观》,冯涛译,人民文学出版社2009年版,第74页。

年,却按捺不住想发出自己声音的渴望,赌上性命创作了他听自平民百姓的、讲述美猴王和他的冒险故事的《西游记》。正是这部《西游记》原稿产生了非凡的力量,它足以改变这个世界,有推动人类进步的力量。以徐忠诚为代表的皇朝执行官,为了维持传统和政权稳定,为了让世界保持当时的样子,决定焚毁吴承恩的《西游记》手稿。但在焚毁《西游记》时徐忠诚发现《西游记》手稿具有了如佛教教义一样不可估量的神力,普通的凡间之火无法焚毁它,于是徐忠诚和他的五位护法师将吴承恩禁锢,藏身皇陵,变身恶魔,用妖火继续焚烧此书五百年。一旦徐忠诚他们的计谋得逞,这个世界的一切文明进步都将消失,世界将回到五百年前的样子。

情节线索之二发生在五百年后的今天,就在徐忠诚的妖火即将焚烧完《西游记》手稿的前几天,观音出现了,她来寻找能拯救这个世界的人。这个寄托着拯救世界希望的人,是现代美国社会研究《西游记》的年轻学者尼克,从事业上看他没有什么突破,连女朋友也因为他痴迷于《西游记》研究而另有所爱。总体上看,他就是一个普通的、不得志的寻常美国人当中的一个。观音决定亲自说服尼克完成大业,观音安排了一次意外让尼克与自己相识,当尼克正为眼前这位美丽的中国女子所倾倒时,奇怪的事情发生了,时钟开始倒转,世界上的事物开始慢慢消失,所有《西游记》书里的文字也在逐行消失。观音借机告诉尼克,他的世界正在遭受破坏。如果《西游记》手稿被焚,人类的现有文明都将消失,而尼克是唯一能够解救手稿的人。尼克将信将疑,被观音带到了秦始皇陵,战胜了秦始皇陵的各种机关到达了神仙之界,并来到五指山下救出了孙悟空。为了阻止这一事件的发生,尼克经历了种种磨难。一方面带领孙悟空、猪八戒、沙僧,师徒四人一起与徐忠诚的妖法战斗;另一方面在天界法庭上与徐忠诚斗智斗勇、据理力争,开始了拯救《西游记》原稿——人类文明的艰难历程。

在美国版《美猴王》里,最主要的情节指向已经从原著的人必须历经千难万险才能取得完满转向了围绕着保护《西游记》手稿而展开的对独立性的追求。焚书坑儒时代意味着对人的独立性的取消,《西游记》的无穷神力正是来自于作者吴承恩写书事件本身的独立性彰显以及书中所反映的追求自由独立的思想意蕴。对手稿的焚烧是为了销毁这种独立性以及由这种独立性带来的世界文明的进步,让世界回到易于皇权统治的年代。尼克他们与徐忠诚的妖法进行的殊死搏斗的胜利并未最终改变《西游记》手稿的命运。徐忠诚以作者吴承恩决定焚烧手稿为由将尼克告上天界法庭。天庭决定将《西游记》是否保留人间的选择权留给作者吴承恩,吴承恩则因已被徐忠诚"洗脑",立场不坚定地做出了焚烧《西游记》的错误决定。这里胜负的关键不是与各种妖魔的战斗,而是作为人的独立性。最终吴承恩被徐忠诚等迫害受伤,尼克等带他来到了现实世界,他看到《西游记》中的独立和斗争精神给世界带来了巨大变化,世界各国的人们都喜欢看他的著作《西游记》。吴承恩死后,他写《西游记》所用的那支笔最终成为他的代言人,在天界法庭上阐述了自己意见,使得《西游记》手稿得以保存人间。

在《龙珠》里,原著的情节就几乎被完全搁置了,而是产生了新的意义。独自住在深山的少年孙悟空,遇上搜集七龙珠的少女科学家布尔玛,布尔玛为得到悟空拥有的四星七龙珠而带悟空踏上找寻七龙珠的旅程。悟空在找寻七龙珠期间历经千难万险,坚持与各种各样的恶人做斗争,并且认识了乌龙、乐平、龟仙人、牛魔王及其女儿琪琪等朋友。孙悟空在这样的历险中实现了自己的心理历练,确定了自己的人生定位,并且找到了自己的另一半——牛魔王的女儿琪琪。在这里,西天取经的情节结构已经被寻找龙珠的中心主线所取代,我们从孙悟空、牛魔王等的人物命名上依稀辨认着《西游记》的痕迹……

2.4 时空的流转

时间是小说叙事中的一个重要因素,原著《西游记》非常重视宏观的时间布局及时间与事件的演进过程,不仅在行文中有明确的时间标识,而且叙事的线索也极为清晰,显现出一种线性发展的特点。如《西游记》第十三回"陷虎穴金星解厄,双叉岭伯钦留僧"[①] 中,既有宏观的季节交替,如"贞观十三

---

① 吴承恩:《西游记》,上海古籍出版社1998年版,第121页。

年九月望前三日""深秋时节"等；又有日子的更替，如"一二日""数日""两三日"；还有一日之中早晚昏晨的变化及时辰的推移，如"东方发白""天晓""红日高升""行经半日""天色将晚"等。在短短的一回之中，构筑了非常清晰的时间之网，故事情节的推进与时间的线性延展有着紧密的联系，为读者对叙事作品的接受提供了极大的方便。这种以线性时间为线索的叙事特点可以追溯到中国古代《诗经》中的叙事诗歌。中国较早的叙事诗《七月》即是以时间为线索描绘西周初年的农业生产和奴隶生活情况，并且首创了以时间为序的民间歌谣十二月歌的形式。可见中国传统叙事方式对时间延展的重视传统由来已久。

文学作品作为人类认识和反映世界的重要方式，离不开对时间和空间的定位和描述。长期以来，文字作品对空间叙事的重视程度远远不如对时间的叙事，而当小说被改编成影视作品搬上荧幕时，情况发生了很大的变化。在《西游记》的影视作品中，空间叙事变得越来越重要。在《西游记》的动漫、网络作品中，空间叙事效果得到空前的膨胀，上升到主体的地位。

在小说中，时间和空间是共同存在的二维，时间是抽象的存在，可以用简单的语言文字直接说明，不会造成理解上的障碍。而空间是具象的存在，具体地存在于人们的周围，一片草原、一间屋子、一个场景、一种布置，都是眼睛所能见，手所能触。在小说中，用抽象的语言表现出的空间方位，常有言不尽意之感，需要读者进行想象和重构，组合成自己所能理解的方位空间。语言文字表意功能的有限性使小说在进行空间形象的塑造时表现出先天的劣势。然而中国语言文学的多义性和审美倾向的含蓄性又使这一劣势升华成一种"不著一字、尽得风流"的诗性效果。《西游记》在记叙唐僧师徒西天取经的艰难历程时，涉及很多险象环生、群魔横出的地方，可以说《西游记》的历险故事离不开这些特殊的地理空间，从一些《西游记》的回目的命名可以看出，如"蛇盘山诸神暗佑，鹰愁涧意马收缰""平顶山功曹传信，莲花洞木母逢灾""荆棘林悟能努力，木仙庵三藏谈诗"等。《西游记》中多采用韵文和诗体的形式对这些山、洞、涧、岭进行描写。如《西游记》中对黄风岭的描写。"高的是山，峻的是岭；陡的是崖，深的是壑；响的是泉，鲜的是花。那山高不高，顶上接青霄；这涧深不深，底中见地府。山前面，有骨都都白云，屹嶝嶝怪石；说不尽千丈万丈挟魂崖。崖后有，弯弯曲曲藏龙洞，洞中有叮叮当当滴水岩。"① 这种勾勒虽然细致，并不真正凸显黄风岭的凶险，甚至用到任何一个山、洞、涧、壑都可以。与其说是对人物所处的险恶环境的强调，不如说是一种场景的渲染，是作者诗性情怀的抒发。可见，小说中的空间，说到底其作用还是一种背景式的铺垫。

在《西游记》的影视跨文化传播阶段，为了追求时间上的

---

① 吴承恩：《西游记》，上海古籍出版社2000年版，第199页。

连续性,尚且在影像语言的叙事中特别通过人物、对话、场景等加强镜头与镜头、场景与场景之间的关联,以便体现出一定的时间特征,便于观众的接受。

但到了动漫和网络游戏阶段,更多地呈现出叙事时间结构的松散与时间逻辑的无序等趋势,只是具体表现的程度有所不同。在《手冢治虫物语——我是孙悟空》中,时间的逻辑表现出碎片化特征。手冢治虫的形象与他虚拟创作出来的动画人物形象在影片中同时出现,时而用手冢治虫来表现动漫人物诞生的艰难,时而用动漫人物来表现手冢治虫在现实生活中的受挫。网络游戏作为一种新的叙事形态,在时空叙事方面对小说的突破,比任何电影和电视剧都走得更远。就时间叙事而言,电子游戏不仅仅打破了小说线性叙事的逻辑,而且呈现出一种无时间性的新特征。"电子游戏艺术采用悬置'现在'、'未来'的时间策略,增加审美距离。"[①] 在以取胜为目的的游戏进程中,玩家操作的时间是明确的,但是游戏中的时间却被淡化。游戏叙事的时间具有不确定和不稳定性,可以反复打断和重复,这跟操作者对游戏的熟练程度息息相关。对于一个游戏新手来说,完成一个游戏的初级任务也许就需要好几天的时间,那么在这几天之内游戏内叙事没有任何进展,而是不停地反复,直至任务完成。而对于一个熟练的玩家来说,也许在一个很短的时间

[①] 汪代明:《论电子游戏的时间艺术》,载《三峡大学学报》,2004 年第 3 期,第 32 页。

里就能完成几十级的升级任务，叙事速度大大加快。但不管是新手还是老玩家，最终的任务都是过关斩将，顺利升级，结束游戏，不会因为他们在游戏上所花时间的长短而有区别，游戏的内部时间对他们已经失去了意义。在一款韩国推出的《幻想西游记》游戏中，时间跨度有上千年之久，利用插叙倒叙等手段来交待情节。主线围绕寻找母亲的16岁小公主和逃出禁制的六魔王来展开。在四块大陆的旅途中，主角将与十位不同性格的同伴相遇。在游戏开始时，玩家可以选择西游记中四个人物，每个都有自己的特殊的武器和服装。然而新、老玩家的不同熟练程度决定了跨越这1000年时间叙事的难易程度。游戏本身的时间叙事已经变得次要甚至无足轻重。

  与小说中空间叙事的背景作用相比，在影视作品中，空间叙事已经走向了前台，并且被打扮得流光溢彩、分外动人。无论在电影、电视还是动漫中，空间问题都受到前所未有的重视。"在影片的叙事中，空间其实始终在场，始终被表现。结果是，有关空间坐标的叙事信息被大量地提供出来，无论选择何种取景方式。"[1] 这里的"始终在场""始终被表现"说明影像空间与小说作品的背景空间不同，小说对空间的描述是选择性的，可以不受现实空间的制约，作者可以根据自己的需要对空间信息进行处理，而影像叙事要求随时提供逼真的空间信息。也就

---

[1] ［加拿大］安德烈·戈德罗、［法］弗朗索瓦·若斯特：《什么是电影叙事学》，刘云舟译，商务印书馆2005年版，第107页。

是说，空间在影视作品中是一种常态性的存在，是影视叙事的一种形态，像舞台背景一样必不可缺。不管这些信息对叙事是否必要，但是有了舞台与演员，就必须要有背景的存在。

如果说影视作品将空间从背景推向中心，使空间成为一种常态性的存在，开始言说自己，表现自己。那么到了动漫和网络游戏阶段，空间重要性进一步上升，因为动漫和游戏带有更多的虚幻性，大量的想象需要用具体的空间去表现，空间的表现质量直接影响到制作的效果甚至成败。因此，空间的作用已经不仅仅是言说和表现自己，"它影响到素材，素材成为空间描述的附属。"① 一幅幅构图唯美，色彩、基调、情境渲染恰到好处的画面，发挥出不同的叙事作用。空间在动漫和网络游戏中的作用，已经上升到主体的位置。在日版动漫《龙珠》中，除了阐述了以孙猴子为原型的萨亚人悟空的全新经历，同时借助孙悟空父子和那七颗能满足人们任何心愿的龙珠的传奇故事，创作出无数个变幻的空间场景，把读者从山村引到城市，从地球引到外星，又从现在引到未来。动漫中变幻的场景是故事重要的叙事因素，正是在一个个变化的场景中，观众见证了以孙悟空为中心的一大群朋友在冒险中成长，消灭了一个又一个的对手和敌人，最后演变成保卫宇宙地球和平的伟大斗士。在《最游记》中，场景也发挥了重要的作用，失去场景就失去故

---

① ［荷］米克·巴尔：《叙述学：叙事理论导论》，谭君强译，中国社会科学出版社2003年版，第196页。

事存在的可能性。故事发生在一个历史与现代科技相结合的时代，地点主要是桃源乡——一个宗教和文明起源的地方，人类和妖怪在那里和平共处，直到有一日，反派角色玉面公主想让牛魔王苏醒，引发怪物突然作乱，致使桃源乡的妖怪变得狂暴，从此世界失去了平衡。可见，动漫故事中所有的情节和想象因素都在空间得以延续和展现。

3 《西游记》跨文化影像改编的美学思考

3.1 审美主体的多元

中国古典名著创作流传开来以后,在同一种文化背景、同一种文字、同一种语言、同一种族下的人群就用基本相同的观念欣赏着同一部作品。共同的价值观、共同的叙事方式、共同的审美趣味,集合成了审美主体的集体主动性。人们用大概一致的判断力筛选基于创作者人生和社会大环境产生出的作品,大多数淹没在历史文存的最下方,少数击中了某一大部分人内心的作品得以保留下来,而几乎每个初读者都会喜爱上的那些作品,成为经典巨著流传下去,有时即便难以进入主流思想,或者为主流思想所禁锢,也无法湮灭它的美好品质。正因为如此,中国古典名著在人们熟悉的语境下受到广泛的喜爱。人们熟悉名著中的人物、情节,用各自的方式领悟字里行间的隐语,有时甚至在作品中寻找自己的影子。多个国家对中国古典名著文本的改编证明，跨文化传播下的改编与流传，是不同国家、不同文化熏陶下的审美主体用自己的眼睛、心理感知和理解这些外来文化的过程，受文字和语言的限制，这种感知与理解的范围仍不够广，影响仍不够大，互动仍不够多，审美主体的多元性并未得到鲜明的体现。

基于影像的名著改编自从开始以来，就在走着一条不同于文字翻译与改编的路。作为审美主体来源之一的影像改编者，是沟通文本与影像的中介，他们是最主动的审美者。这些改编者包括了编剧、导演、演员，甚至灯光、音响、音乐等配合者，他们在一个目的下各自用自己的方式理解原著文本，从文本中看到自己想要的元素，幻想自己想要的效果，发现那些文字背后的动作、表情、自然环境、社会风貌、人物心理、人际关系。影像改编者不同于文本译介者，他们太过于拘泥于文字本身，而从文字到影像的变化，让改编者再也不用受文字的制约，或者说，他们终于不再是一个翻译者，从而可以少却很多责任的羁绊，他们有理由用尽自己的想象来填补感觉的空间。影像改编者用自己的方式来选择素材，哪些可以略去，哪些需要详解，哪些可以借一些无干的东西来用，哪些可以颠三倒四甚至颠倒黑白。当影像改编者不再是原著母国的人们时，他们就更加忘乎所以地使用自己的"主体"权利。

从译介开始，其审美主体就超越了本土文化的范围。中国古典名著的影像改编者从日本、韩国再到英国、美国，似乎是很自然地就从东方走向了西方，在全球化的背景下，跨文化似乎根本就不是一个问题。在审美主体日趋多元的情况下，借助经济力量的驱动，选择中国元素改编成需要的影像产品也成了自然而然的选择。从一开始，这些改编者就没打算接受原著的全部，即使与中国文化渊源十分深厚的日本和韩国，也没有心理障碍地超越了原著。在这一点上，东方与西方不约而同地选取了相同的途径。作为一个一向在商业运营上比较"成功"的改编者，美国《美猴王》的制作者使用中国元素更是信手拈来，再加上自由想象。这种改编与文本改编的区别显而易见，文本改编中东西方的差别是很大的，对原著的"忠诚"在日本、韩国对文本的改编中表现得十分显著，而到了欧洲和美国，则加上了更多的剪裁和想象。可见，跨文化的力量在影像改编中表现得更加明显了，改编者的主体地位更加强硬。

作为审美主体的改编产品的接受者，其多元化是没有疑问的。日本与美国的观众都在本国的影视作品中找到了自己喜欢的题材与熟悉的文化，他们也毫无顾忌地表达自己的态度。作品的美与丑、低俗与崇高都由他们来评判。译本的流传是缓慢的，其受众并没有多少决定改编者行为的或者让改编者反省的机会，但影像改编不同，受众用决定市场的方式迅速向改编者做出正反馈或者负反馈。而且，改编者在对原著改编以前，就开始了对受众审美心理与审美趣味的猜测，在这个角度上，受众因为口袋里的钱得到了前所未有的尊重。影像作品未产生时，它的命运便已经由人们是否欣赏所决定了。而原著在创作时，很大程度并不是为了它是否流行，也许写给自己的作品反而更易于打动人，当然，也并非全然如此，一个商业与文学上同时成功的例子是金庸的武侠小说，它一开始就出于商业的目的而产生，但在文学意义上也赢得了尊重，并且，它的影视改编也同样成功。

审美主体考察上的趣味性不仅在于上述方面，更有意思的是当日本和美国对中国古典名著的改编作品回归中国以后，作为原著与改编剧双重审美主体的中国观众表现出了多元化的态度。对原著由衷热爱和中国传统文化坚决的捍卫者，其最直接的态度是唾弃甚至谩骂，在他们看来，对原著的这种"改编"根本就不是艺术，也丝毫谈不上任何美的欣赏和美的享受，有的只是对美好事物的毁坏。例如，国内 86 版《西游记》孙悟空的表演者，作为忠实于原著的表演艺术家，又作为《西游记》异国改编剧目的"受众"代表，在多种场合表示了对"篡改"恶行的不满。这种改编行为对他们的深沉的审美情绪是一种颠覆，因此，他们对此无法容忍、无法接受也就无可厚非了。新生代则不然，大部分新生代对原著没有那么深的感情，对本土文化也没有那么深的感情，与此同时，接受西方的文化和影视作品对他们来说，已经成了"家常便饭"，即使其中的情节有时让他们并不觉得很赞同，但也持一种"可有可无""无所谓"的态度，或者并不太认真地付之一笑。还有一些人是持调和主义观点的,他们是带着更加"功利"的态度来"欣赏"这些作品的,在他们那里,会问很多为什么,为什么国外的改编者会这样设计,是否国外的观众喜欢接受,甚至会考虑到前两种受众的心理。

"对美的事物的判断需要趣味",这是康德在《判断力批判》里提出的命题,从那时起,审美趣味就作为审美主体对事物的感觉的概括者而存在。即便能在审美主体间进行中国与异国、东方与西方、改编者与受众的一般性区分,来观察主体的多元性特征,也难以概括审美主体不同的审美趣味。很久以前中国整齐划一的审美趣味时代早已过去,更不用说在日本、韩国与美欧个性张扬的社会环境下,人们的审美趣味呈现出丰富多彩的多元性。这种多元性时而体现在一个人身上,时而在不同人身上有不同交叉重叠。人们的审美趣味体现了人从最基本的感官感受向高级的精神享受升华的过程,而这种过程并非既定的和模型化的,它始终因人的不同而存在不同的阶段、不同的感觉、不同的感受,影像改编正是这种多元性在具体作品上的体现。审美主体的多元趣味是其在长期的审美体验中形成的,这些审美体验不是来自于原著的源头或者受原著的影响,而是主体自身的特点,分析这些特点,对于跨文化影像改编有着原始的意义。

跨文化语境下,人们从改编作品那里感知到的情感的表达是不同的,这一方面是由于改编者不断预测并追逐着受众的感受,以增加作品的吸引力,另一方面,人们在欣赏作品时,总是带着自己对某些情感表达方式的爱憎来有所取舍。我们在原著《西游记》以及中国86版《西游记》中较少能感觉到情感的描述。如果说有的话,这种情感是一种客观的较少带有主体色彩的情感,比如我们能在其中感知到师徒四人在经过了长途跋涉,经历数不清的艰难险阻,在互相扶持、互相依赖中产生的相互关照的情感。事实上,在此之前,他们只是因为各自的目的走到一起,大家彼此仍是陌生人。这种情感同时是我们本身情感的映照,是现实的一种反映。它与当时的社会环境、物质条件、精神生活都是分不开的。人们的情感还更多地隐藏在内心深处,物质与精神的欲望都还难以"光明正大"地表达出来。《西游记》进入日韩、美国的影视环境后,面对的人们的情感表达是更复杂的,于是爱情这种永恒的情感话题在日版《西游记》和美版《西游记》——《美猴王》中得到了淋漓尽致的发挥。悟空、八戒、沙僧甚至唐僧都遭遇爱情。其实,回到86版《西游记》,我们会意地发现,与原著大不同的是,在"女儿国"一集中,唐僧与女国王临别时的神情已经让我们分明感觉到了些什么,而这些,正反映了社会整体审美趣味正在发生微妙的变化。

中国传统士大夫的人生理想常被描述为"修身、齐家、治国、平天下",不少人亦以此为默默的追求,但这一理想如何实现,人们往往并不得要领,其实《大学》里讲得很清楚,

"心正、意诚、格物、致知",这种人生理想的实现路径,实现人生理想,心意不能走向邪路,要穷究事理并且总结出理性的知识。我们从《西游记》中隐约仍能找到这一理论的影子,只是场景从政治转向了宗教。在追寻理想的同时,"心正、意诚、格物、致知"也为审美行为框定了规范,追求感官上的愉悦从来就没能进入过主流的审美观,只能是带有私密性、个人性的享受,用现代性的话语表述,就是"小资"。虽然西方人也曾经为自己的人生理想进行过模式化的构建,比如柏拉图曾经把人生理想的追寻建构为一个"循序渐进、逐级上升的阶梯:从个别形体的美到一切形体的美,再到心灵的美,再到行为制度的美,再到各种学问知识的美,最后达到理想境界的美,彻悟美的本体"[①]。但是,这种模式并未像"修、齐、治、平"一样成为融化到人们血液中的精神营养。当《西游记》以影像的形式出现在日美等国时,我们可以发现这种宏大的理想忽然变得愈加"小资"起来。日版《西游记》中悟空为了追寻自己的勇气而不断战胜自己,同时不停地陷入对"母爱"的渴望中。美版《西游记》中让我们习惯性地看到拯救世界的影子,虽然原著中"取经"的初衷也来自于拯救出现问题的社会,但其诉求显然有着本质上的区别,原著宣扬的是为了达到整体的社会理想,而美版《西游记》宣扬的则是个人英雄主义。对个人英雄

---

① 姚文放:《审美文化的中西比较》,山东文艺出版社1999年版,第191页。

的崇拜从独立战争和西部片甚至北欧海盗的身上开始就深埋在美国人的心中。不同的理想诉求在不同国家基于同一原著的影视作品中得到了鲜明的体现，是审美主体对作品的影响力的结果。

　　日本、美国《西游记》影视作品中审美趋向的变化，是日本美国观众审美趣味导向的结果。这种趣味导向，不是静态地表现在观众身上，而是长期以来在国家、民族文化中形成的。但无论如何，这些趣味的表现都与原著要求的不同。柏拉图在《大希庇阿斯篇》里提出的"美就是由视觉和听觉所产生的快感"，之后的很长一段时期，西方美学的审美体验中是排斥气味和口感的。传统中国美学思想却早早就将视听之外的口腹之乐涵盖其中，如墨子"食必常饱，然后求美；衣必常暖，然后求丽"，以及荀子"口好味而臭味莫美焉"。现代大片广告中常用的词是"视觉与听觉的大餐"[①]，一句普通的广告词却将审美的功能感受完整地体现出来，西方与东方美学对审美趣味的差异竟在这里得到了统一。我们沉浸在视觉与听觉盛宴的同时，却再一次模糊了审美的原意。审美的目的究竟在于精神还是在于物欲，这样的问题我们仍然难以清楚回答。从《满城尽带黄金甲》到北京奥运会开幕式，张艺谋的作品越来越重视色彩与场面了，相比较来看，我们在日本版和美国版《西游记》中还

---

　　① ［苏］卡冈：《卡冈美学教程》，北京大学出版社1991年版，第64页。

是更多地看到了人的精神的追求，不论这种精神是来自个人还是集体。

通观日版和美版的《西游记》，能看到民族的审美趣味在其中得到了深刻的体现。日本传统的审美趣味集中体现在"物哀之美""自然之美""女性之美""幽玄之美"等方面，读日本小说常常能发现这方面的印记。物哀是日本人审美意识的源流，一定有其难以探知的历史根源，这种审美意识似乎不自觉地就会浸入日本的文学作品中，同样，在很多影视作品中也很容易发现它的影子。日版《西游记》改编者从一开始就把这种气质带入了剧中，就连在原著中一向勇敢乐观无敌的悟空，也常为一种含蓄、淡雅、纯朴、感伤和细腻的情绪所笼罩和牵引，突出了人物内心一种挥之不去的悲哀情感。这种悲哀情感的形成，每个人有每个人的不同。悟空这种情绪的形成是由于一块顽石"自开辟以来，受天真地秀，日月精华"孕育而生，没有母亲的童年时代正好切合了日本人的感情需要，从而形成了悟空整个取经行程中的情感线索。女性之美不是在原著中常有的妖精身上体现，而是前所未有地出现在了唐僧身上，唐僧由女性扮演，是日本版《西游记》的一大创造，且不论这种创造是否在通常的美学意义上值得探讨，但说它是日本女性之美的审美趣味的自然选择也就不算奇怪了。相比较日本而言，美国的审美趣味就很难能说上有什么传统了，我们能看到的，更多的是美国人在物质欲望上所呈现的极致。无论是《变形金刚》，还是《阿凡达》，都十分清楚地显示了这一点，我们不得不说，科学技术正在帮助人们实现感官享受的极致。但是，我们也应该看到，美国这种科学技术下的审美趣味存在虽大呼过瘾却始终令人难以释怀的虚无感，"每一种技术或科学的馈赠都有其黑暗面，数字化生存也不例外"①。从对听觉和视觉的满足上来看，美国大片倒是很坚定地践行了柏拉图的思想，但我们除了感官的刺激以外，仍然难以从中得到精神上的享受。事实上，美国人也常常在影视作品中将人本主义和宗教一般的仁爱作为精神上美的追求，但这种现代与后现代交织的审美趣味在《西游记》原著的母国看来，大美无言，像日美一样用情感和技术将审美趣味表现得那样细致，在我们看来，总还是缺少一些大气。

3.2　审美对象的扩张

　　审美对象未必一定是美，美学不仅把美作为自己的范畴，同时也把与美对立的丑作为自己的范畴。对一个群体来说是美的东西，也许对另一个群体来说完全是丑的东西。当然，也有意见取得统一的时候，这时的文艺作品是最有生命力的。由一国名著而为世界名著，由一个时代作品而成为千古绝唱的作品举不胜举。中国古典名著的影响不可谓不大，尤其是东亚与东

---

　　①　[美]尼葛洛庞帝：《数字化生存》，胡泳译，海南出版社1997年版，第17页。

南亚诸国,《西游记》《三国演义》《红楼梦》《水浒传》都有一定的影响。如果从跨文化影像改编的角度来说,日本改编的《西游记》无疑是相对成功的。说它成功并不是说它得到了中国观众的认可,而是说它得到了日本观众的认可,在这一点上,《西游记》是从中受益的。但是,日本与美国版的《西游记》或者说他们以《西游记》为题材精心设计的故事和人物在中国观众看来,很难用"美"或者"赏心悦目""喜爱"这样的词来形容。美国版《西游记》2009年元旦在德国Super RTL电视台播出时,据说再次取得了不错的评价。它作为一部魔幻题材的电影,由英国人彼得·麦克唐纳导演,冒险奇幻题材是他的强项。当年他凭借电影《第一滴血3》和《大魔领3:飞进未来》,在好莱坞一炮走红。由他担任制片人的《蝙蝠侠》《哈利·波特与火焰杯》等片都取得了不错的票房。男主角尼克·奥顿由美国演员托马斯·吉普森饰演,他出演过《大地雄心》《大开眼界》等好莱坞经典之作。片中的孙悟空由好莱坞华裔男演员王盛德饰演,看过《木乃伊3:龙帝之墓》的人想必都记得他。片中的女主角观音则由华人女明星白灵饰演,她被一些欧美观众视为性感女星。这些有力的西方背景都为这部影片加分,但是,它在东南亚上映时,却是恶评如潮。中国网络上提供了一些可下载观看的版本,但其后的评论几乎是一片差评。确实,在日本和美国版的《西游记》中都有太多的中国观众难以接受的因素,这些因素完全不能让中国观众得到"美"的享受。在日本和美国以《西游记》为蓝本进行影像改编时，显而易见的是，审美对象从原著开始向外扩张，这种扩张是审美主体有目的性的，也是在与观众心理进行互动过程中形成的。这种扩张，更多的不是要把它们打造成世界性的巨著，而是首先满足目标市场的审美需要。扩张伴随着开发进行，同时也伴随着对原有要素的破坏，甚至在一定程度上破坏了中国观众对原著的感情。但作为学术上的讨论，无论喜爱与否，审美对象在跨文化影像改编的过程中得到了扩张，对这种扩张进行分析，借助于美学的思维能够使人更加客观冷静，得出的结论更容易让人信服。日本和美国版《西游记》中被植入了太多非中国文化的元素。这种审美对象在内容上扩张的现象，是跨文化改编的重要特征，既可以看作改编者的自发之举，也可以看作是一种无奈之举。改编者并非有意识地运用美学思维去思考对象，他们不可能带有那么多的感情色彩，但是，其改编后的产品却给了我们进行美学思考的空间，从中可以挖掘人内心更深处的东西，得到有益的启示。

审美对象在被进行了跨文化的改造之后，其本身以及影响力都大大扩张。人物形象、服饰、道具、语言，以及故事情节、情境等都发生了较大变化。韩国曾拍过一部长达五十余集的动画版《西游记》，这部韩国的《西游记》，可以说是一部现代版《西游记》，80年代末引入中国时，称为《百变孙悟空》，又称《新编西游记》。这部动画片中，唐僧开小车，筋斗云变成超级滑板，悟空挥舞双节棍，八戒使用热兵器火箭筒。这些有新意的设计，使得看过的人的确难以忘记。这部韩国动画，是在所有跨文化影像改编中最能吸引中国观众的。因为它在原著基础上扩张出的新意没有引起中国人的反感。故事是唐僧师徒的故事，不过不再是前往西天取经。唐僧的任务是消除人间邪恶，把各种妖怪封印。这个版本除了剧情的改变，在人物设定方面也做了很大改动。比如孙悟空，我们熟知的悟空都是脑袋上戴着紧箍圈，手持金箍棒，脚踩筋斗云。《新编西游记》中紧箍圈变成了头盔，不变的依然是受紧箍咒的制约，变了的是唐僧念紧箍咒变成了一边敲木鱼一边念念有词。金箍棒变成了双节棍（依然非常重），筋斗云变成了滑板，手脚都戴着护手和护膝，悟空就像一个玩滑板的嘻哈少年。猪八戒被改造成了一个手持火箭筒，开着摩托车的火爆猪，与孙悟空相比，他身材的比例却大了很多。沙僧听力不太好（他的耳朵，长在皮下），一心想抢走悟空的超级滑板。他使用一把小锤子，打架的时候，边喊着一、二、三、四，边用锤子敲，然后会爆炸。唐僧不再是个胆小怕事、愁眉苦脸的俊俏和尚或者慈眉善目、神态安详的得道高僧，而是一个胖乎乎的、表情丰富的高个子和尚。很多人把《百变孙悟空》称为牙刷版西游记，因为悟空变身时会念一段咒语："欺个欺个叉个叉个搓个搓个变"。后来，悟空不知什么原因，失忆了，不记得怎么七十二变了。他们就给他把牙刷，悟空一刷牙，念咒语就变身了，十分搞笑。动画也加入了其他全新的元素，比如说到变身，动画有个人的变身很恶搞。那人有6根鼻毛（特长的那种），拔掉一根鼻毛能变一次，总共能变6次。这部动画引入中国后，受到了儿童的欢迎，直到现在，"80后"的人们仍会不时怀念童年时看过的《新编西游记》。可见，一部改编作品的魅力并不在于它是否扩张了原著，而在于它对原著进行了什么样的扩张，而且还在于它的目标指向是哪些受众，它改编原著时最核心的思想是什么。

同样是韩国人，2011年，他们又拍了一部名为《西游记归来》的电影，由申东晔导演，金秉万、韩敏冠、柳谭主演。事实上，这一版本较美国版《西游记》仍然保存了更多的原著元素。故事讲述传说得到《天府经》就能统治整个世界，就在《天府经》被妖魔鬼怪们夺去并作乱人间之时，三藏法师和孙悟空、猪八戒、沙悟净一行与牛魔王和白发魔鬼等邪恶势力展开了针锋相对的决战，最终三藏法师率弟子将敌人封印在葫芦瓶中。2011年的首尔，在一个施工工地发现了孙悟空、猪八戒和沙悟净的遗物。在发掘的过程中，葫芦瓶的封印不慎被打开，时隔2000年后苏醒的邪恶势力们又得到了为祸人间的机会，而可以与他们对抗的唯有孙悟空一行。于是科学家们通过在被发现的遗物上提取DNA复活了孙悟空一行……这部电影显然没有《新编西游记》的动画剧集那么幸运，中国观众用了很时尚的两个字"雷人"来评价它。美国版《西游记》的关键人物造型除了美国人尼克和观音以外，还多少带有些原著本色。尼克就是一个可以穿越人世与神世的现代美国人,白灵扮演的观音常作暴露性感打扮。沙僧虽然由美国人扮演,但他的头发胡子饰品都还很相似,除了脸长了些。孙悟空和猪八戒都没脱离了"妖怪"面目。韩国版的《西游记》则确实基本放弃了中国人想象中的主人公模样,猪八戒没有一点猪样子,沙和尚怎么看也不像个和尚,而是像武松,孙悟空穿了个不知什么做的盔甲,唐僧是个油光满面的胖和尚,没有一点大师风范。单从造型上看,片中所有人物都身穿现代装束,除了孙悟空头上的钢箍依稀能辨出身份之外,头戴风镜、身穿皮夹克的猪八戒和裹着大围巾、留着齐刘海的沙僧,看上去完全是两个混迹街头的小痞子。此外,影片抄袭2006年日剧版《西游记》,也来了个女版"唐三藏"。这位"女唐僧"吃饭前必祷告,出门打架穿上高跟鞋。跨文化影像改编下的审美对象差异如此之大,实在令人惊叹,这种形式的改编已经离文本译介太远了。

美国版《西游记》的许多元素也已经远离原著,并且远远超过中国人的审美底线了。这一影片中加入了一些耐人寻味的对《西游记》本身的判断,这种判断借与尼克、吴承恩一起逃至凡间的观音之口,在一串美国电影中罕见的长台词中说出:

"亚洲的儿童一直在读你的著作,让自己勇敢、有勇气,成年以后读你的大作了解遵循内心、反抗不公。他们以不同的形式保存故事中的人物,但同样也有新形式,你的著作被译成了多种语言,供人阅读,中国领导人也曾为它所鼓舞,但对一般人来说,他们希望美猴王成为下一代的代表,你的著作引导人们梦想更新更好的事物,使他们相信他们也能改造世界"。这一段怎么看起来也没有号召力和感染力,有的只是一种不知所云的说教,影片用长长的台词,正说明改编者认为这里需要这么长的台词才能清楚地表达他的思想,但审美对象并不能掌控审美主体,主体只用他们自己的心来感知。

　　这样的说教在影片后半部分还有一些,比如,尼克对观音说道:"《西游记》是我读的中国第一本小说,在此之前,就像很多美国人一样,对中国的了解仅限于一两个电影中的人物,但当我读过大圣的故事,看他打破规范惹人生气的行为,其实他那么做,都带有崇高的目的与尊严,让我觉得我也能有所作为。"

　　故事里安排的一个几乎是凭空出现的反派人物"徐大人"在影片中被描述成一个"传统价值"的代言人,他带着五个长得比悟空、八戒更像妖魔鬼怪的"传统护法"。他在追踪吴承恩等人回到现实世界后,说要"重建奴隶制度",并毁灭现代城市的一切,改编者试图用"徐大人"的"反现代性"来激起人们对"传统价值"的厌恶,可见,不仅台词,连情节、人物塑造中都带有明显的说教色彩。"徐大人"在天庭法庭上的一句话更表现了改编者的期望,他对观音说:"你不能这样对我,你这自由主义者!"在影片中还有一个人物,就是玉皇大帝身边的"法师",很容易让人联想他是否是改编者用尼克取代了的唐僧的化身。因为尼克并未取代唐僧的"师父"身份，而是以悟空徒弟的身份出现，称悟空为"师父"，有趣的是，悟空称自己从前的师父唐僧为"法师"。

审美对象的多元，不仅表现在出现了不同的影像作品，重要的是每件作品都用改编者的手创造出大量不属于原著、不属于原著母国的元素，这些元素是多元文化的体现，也是文化冲突与整合的体现。

也许一个调查数据能够反映跨文化影像改编中的这种多元差异与原著母国对这种差异的审美态度。在网易新闻发起的对《西游记》影视版本的投票中，共有7600余人参加了投票，其中74%的人认为86版《西游记》最能让人接受，周星驰主演的《大话西游》得到了23%的选票，美国版《西游记》仅得到1%的选票，而日本版《西游记》仅得65票，不到1%。[①] 可以想见，如果这项调查加上最新上映的韩国版《西游记》的话，其评价结果想必比日版好不了多少。

由此可见，无论是美版《西游记》还是日版《西游记》，都难以真正把握《西游记》原著的人物意义与文化精神，更不用说原著中蕴含的儒释道等"微言大义"。选取中国名著的元素，如果只是出于商业的目的，最终只会在起起落落的商海大潮中被冲刷得无影无踪，只有真正把握了民族文化精髓、打动

---

① http://news3.163.com/vote/vote_results.jsp?voteid=4310

人心的作品，才能在人类文明的长河中留下扎实的脚印。

3.3 审美媒介的演进

从纸质的小说文本到动漫、网络的影像话语，跨越的不只是媒介，还有历史背景和文化风尚的转换。不管是叙事时间、还是作品的背景空间，乃至给受众带来的娱乐效果，都发生了翻天覆地的变化。

原著《西游记》是以小说示人，主要依赖语言文字来叙述事件和故事情节，描绘人物、社会和思想情感，无法更加立体生动地展示人物形象、社会现实和故事发展过程。小说改编成影视后，就不再依赖文字语言，而是运用影像语言这种更为复杂的语言形式。影像语言运用场景、造型和音乐等视听语言来描述人物、情感、社会，表达故事情节，用视觉语言中的色彩、光线等来完成情节表现，特点是声情并茂地展示人物形象、社会现实，使观众更为直观地理解文学作品。

在文字语言到影像语言的转化过程中，不可避免地会出现内容的变异。然而文字语言所代表的书面文化有着几千年的深厚基础，现代社会的精英阶层大多还是在文字语言的熏陶下成长起来的，他们掌握着知识的话语权，使得影像语言对文字语言的替换并非能够一蹴而就，而是一个逐渐成长的过程。刚开始，影像语言比较拘谨地表现着文字语言，或者是对文字语言的一种直译，即是将小说书面语言所述内容用对应的影像语言呈现出来，在思维方式上也是沿用文学作品的主要模式。然而，这种戴着镣铐的舞蹈终究不是影像语言的特长所在，对原著的过于拘泥造成影像表现的乏味与枯燥。影像语言毕竟与文字语言有着不同的特性，不同特性的语言之间的转换往往意味着变化。正如乔治·布鲁斯东在《从小说到电影》一书中所描述的："当人们从一套多变的、然而在一定条件下是性质相同的形式过渡到另一套形式的那一分钟起，变动就开始了；从人们抛弃了语言手段而采用视觉手段的那一分钟起，变化就是不可避免的。"[1]

逐渐地，影像语言开始对文字语言实行变异，开始运用影像语言的特有逻辑，对小说内容进行视觉化的重新显现。它不再以画面与影像一一对应的方式来表现小说内容，而是创造性地运用镜头语言来独立地表现思想。比如在日版《西游记》中，对于师徒四人历次战胜妖魔鬼怪的艰难过程，影像语言不可能像文字语言那样进行细致的打斗和心理描绘。于是，日版《西游记》每到双方对决的关键时刻就用中国式的京剧配音来渲染气氛，鼓舞斗志。这种京剧配音或急或缓，无不与故事情节的张弛发展紧密相关，使观众随之心潮起伏。这种京剧配乐，虽不著一字，却体现出文字语言无法达到的亲和力和感染力。米克·巴尔认为电影并非是小说的一一对应，而是对小说意义

---

[1] [美]乔治·布鲁斯东：《从小说到电影》，高骏千译，中国电影出版社1981年版，第6页。

的一种视觉再现:"一部小说转换为电影不是故事要素向形象的一对一的转换,而是小说最为重要的方面及其意义的视觉操作。"①

随着影像语言的日渐成熟,也随着有关影像理论的逐渐成熟,最后,影像语言开始突围文字语言,追求自己的独立的身份和全新的理解。它从小说文本获取故事和灵感,但为了表现影像语言的独特魅力,常常改弦易辙,寻找更适合影像语言表达特征的切入点。在美版《西游记》中,为了使电视剧更具吸引力和时尚感,对原著的内容有较大的改编,唐僧不再是和尚,而是一个担当着救世任务的普通美国人。剧中的妖怪也不再像原著中以传统的虫兽鬼怪为原型,而是现代社会中带有太空幻想色彩的各种怪兽,凶猛狰狞。影片中采用了很多现代特技场景来表现唐僧师徒和妖怪的打斗,以加强视觉感染力。在日版《西游记》中,为了表现唐僧师徒之间的伙伴关系,凭空创造了一个"铃铛"的道具。在三藏法师的手杖上,挂着三个铃铛,这三个铃铛象征着他的三个徒弟,也寓意着师徒一心。每当与妖魔决战之时,总是师徒四人人未到,先听到三藏法师手杖上的铃铛响。这三个铃铛既是吉祥物,也像利剑,每次与妖魔决战时都能拨云现日,带来光明。在三藏法师上天竺之前,三个徒弟因为妖怪的身份不能陪同,无奈之下三藏法师即将这

---

① [荷]米克·巴尔:《叙述学:叙事理论导论》,谭君强译,中国社会科学出版社 2003 年版,第 196 页。

三个铃铛分赠给三个徒弟。在这里,原著中没有出现的铃铛被改编成一种影像语言,形象地表达师徒合力所产生的勇气和力量。

总之,从文字语言到影像语言的转换过程中,由于表达方式的变化,原著的内容也不可避免地随之发生变异。在跨文化传播的过程中,由于改编所受到的文化定势影响较小,更便于影像语言充分发挥其艺术潜力与表意功能。因此,文本内容的变异表现得尤为明显。

影视语言的诱惑看来是难以抵挡的,而且我们有理由相信大家都喜欢这种方式,只不过程度有高低。可是,在我们渐渐被影视包围并且赞美影视语言进步之前,也有人对此不屑一顾,法国作家兼批评家乔治·杜亚美这样评价电影及各种电子媒介:"被奴役者的消遣,是给那些愚昧无知、心力交瘁、惶惶不可终日的可怜虫们散心用的娱乐……一种既不需要观众全神贯注也不需要观众有多少智商的热闹场面……除了能给人带来有朝一日会成为好莱坞明星这一荒谬可笑的幻想外,它既不能拨弄出心中的火花也不能唤醒任何希望"。① 现在看来,杜亚美的评价是有些尖刻了,大众传播媒介与大众审美已经紧密联系起来,浸透到人们生活的方方面面,人们已经愉快地接受了它,并且,它不是不能"拨弄出心中的火花""唤醒任何希望",有一些经

---

① [美]马克·波斯特:《第二媒介时代》,范静哗译,南京大学出版社2005年版,第4—5页。

典影片已经成为让人们鼓起生活的勇气、应对困难和感受幸福生活的美好保存。例如好莱坞的《辛德勒的名单》让人灵魂感到震颤,它不停激起人们对历史、战争、人性的深刻反省和思索;《阿甘正传》中那个智商确实有些问题的阿甘已经成为美国传统价值观的象征性人物,让多少人坚持不懈地追寻自己的梦想;《勇敢的心》中主人公受刑而死前从内心深处喊出的一个最简单的词"freedom"成为震动人心的绝唱。50年代的国产动画片《大闹天宫》成为多少国人对童年时代的美好回忆,它不仅成为中国人喜爱的对象,而且迄今也是中国在国际市场上最有影响的一部动画,从"独乐乐"到"众乐乐",完成了审美的跨文化旅程。于是,人们认识到,"语言并不天生就比别的媒介更具有丰富的审美精神,学过外语的人都知道,对于一开始学习语言的人来说,语言没有任何美感,而且他们也很难通过单词本身获得什么美感,只有他们的学习达到一定程度,他们才能进入语言的世界,掌握语言背后的习俗、规则、传统、历史积淀和表情方式,美感才能相应产生。与此相反,影像则一开始就可以进入心灵,一开始就可以产生美的感动,影像对人的影响并不仅仅是在接触它的一刹那,而同样需要长期的美学熏陶"①。

广播与电影出现至今,传媒媒介的变化是迅速的,几乎让

---

① 蓝爱国:《影像民间及其工业化:好莱坞主义》,广西师范大学出版社2003年版,第184页。

人应接不暇,以至于如果不经常很投入地接触的话,似乎很快就远离社会了。不用说从动漫画面与情节的跳跃性到网游的情境模式的跨越,即使同一媒介形式,也出现了太多创新性的发展,如果我们很久不看电影,那么很有可能我们连电影也不容易看懂,它不仅出现了太多技术上的变化,连叙事方式都在不停变化。可见,传统媒介内的创新也是从未停止的、快速的。"在考察当代审美文化的内涵之时,传播媒介是一个值得深究的话题。因为,假如说造成传统的美和艺术的死亡的直接原因是消费资本主义的出现,那么,间接的原因就是大众传播媒介的出现。这意味着,在人类美学历程中,一种美和艺术的死亡,往往间接决定于意识形态的改变,但在当代,情况发生了根本的变化,操纵这场美学革命的杠杆第一次不是来自意识形态,而是来自大众传播媒介。大众传播媒介作为被赋予了鲜明意识形态涵义的物,成为当代的新赫尔墨斯之神"[①]。赫尔墨斯是希腊奥林匹斯十二主神之一,八大行星中的水星,宙斯与玛亚的儿子。潘知常先生说大众传播媒介是新赫尔墨斯之神,是把赫尔墨斯当作掌管商业的神来看待,说明大众传播媒介在商业市场面前变得强大起来,已经可以操纵美学的发展了,虽然媒介的发展未必全然是商业的结果,但商业显然在推动传播媒介发展方面发挥了无法替代的作用。事实上,我们看待传播媒介的

[①] 潘知常:《大众传播媒介:当代的新赫尔墨斯之神——在阐释中理解当代审美文化》,载《艺术广角》,1995年第4期。

发展时，看到的不仅是商业的力量，还有一种文明与进步，在这一点上，对赫尔墨斯来说，它们是自己的魔杖，媒介的魔杖不是让人昏睡，而是进入梦一般的审美境界。

的确，当新技术用色彩与画面、动作与时间的跳跃来表现原本由同样变化多端、组合多样的文字表现的故事时，我们的感官得到了进一步的开发。"我们的概念脱离了知觉，我们的思维只是在抽象的世界中迅速运动，我们的眼睛正在退化为纯粹的量度和识别工具。结果，可以用形象来表达的观念就大大减少了。这样一来，在那些一眼便能够看出其意义的事物面前，我们则显得迟钝了，而不得不求助于我们更加熟悉的另一种媒介——语言。……我们的失败，往往是发生在我们的视觉分析遭到破坏的时候。所幸的是，我们的视觉分析系统还能够进一步地得到发展，并且还可以唤起能够'透视'事物的那些潜在能力。而这些潜在能力的发挥，又能帮助我们弄清那些不能够分析的事物的本质"①。不仅是视觉，还有听觉，同样是我们感知世界、"分析事物本质"的工具。影像正是充分运用了视觉与听觉的感官功能，既挖掘审美潜力，又养成审美习惯，当然，除了审美以外，还有感官依赖上的沉迷。

在经历了很长一段的文字统治时期后，中国古典名著的跨文化传播过程几乎是与审美媒介的演进过程同时进行的，虽然

---

① ［美］鲁道夫·阿恩海姆：《艺术与视知觉》，中国社会科学出版社1984年版，第1—3页。

中间与历史的大戏一同起起伏伏,并不一帆风顺。当《西游记》以舶来品的面目再次出现在中国观众面前时,特技与特效已经成为影像传播的普通技术了。除了20世纪20年代弗谢沃洛德·普多夫金确立的"对比、平行、象征、交叉剪辑、主题"五个剪辑技巧以外,"蒙太奇、组合、场面调度、分割画面、叠化、跳切"也已经成了常用的技术手段。美国学者詹尼弗·范茜秋所著《电影化叙事——电影人必须了解的100个最有力的电影手法》(2009)可以作为我们了解影像语言的通俗教材。不管存在多少误读与变异,这些技巧给中国古典名著的跨文化传播带来了新的生命力,如果我们不喜欢日本、韩国和美国人的胡乱篡改的话,起码也给了我们批判与反思的素材,并且,起码《西游记》的影响在扩大,也许就在我们批评他们如何如何"毁坏"了我们的传统经典时,他们对中国经典的理解也开始加深,一并加深的还有对中国传统文化、对中国思维方式的理解。

在动漫、网络的传播过程中,经过再生产的作品影像意义与原著的小说叙事意义之间几乎找不到任何对应关系,完全以动漫、网络本身的开发和推广为本位,最多只能从变形化的人物和已然破碎的情节上分辨出原著的影子。动漫或网络作品在表现形式上充分发挥了影像语言的独特优势,追求叙事效果的最大化。人物形象的夸张化、道具的现代化、时空的流动性、唯美的视觉效果,相对小说而言,这些表现形式都发生了颠覆性的变化。

  与《西游记》的译本和影视传播比较而言,《西游记》的动漫、网络传播是与小说距离最大的一种传播方式。不仅在文本意义上对原著有较大的距离,在表现方式上更是体现出颠覆性的变化。《西游记》的动漫或网络传播虽然在名义上或者某些人物形象上仍然与原著文本保持着若有若无的联系,但是实际上已经把文本抛在了一旁。如此决绝的做法使动漫或网络版的《西游记》从根基上脱离了原著作为特定时代小说文本的意义。对于《西游记》在域外的影视改编,批评家大多以不忠实于原著、恶意篡改原著的罪名大加评论,而面对动漫或网络版的《西游记》,批评家感到语言的无力,对这些作品已经无法再以损害原著的名义进行讨伐了。因为在这些作品中,原著的意义或者被搁置,或者被消解,抑或对意义持一种漠视的态度,完全摒弃了意义本身。

  消解的方式或借用原著经典的艺术形象,或借用原著广为人知的故事情节和寓意。通过艺术化的影像语言和网络等大众化的传播渠道,揭示的却是与原著本身截然相反的现象或内涵,这种现象或内涵又与现实生活息息相关,使受众在欣赏的过程中达到精神上的反叛式释放,或是对现实的反讽与反思。

  动漫中的特技或者动画效果有时也起到这样的作用,使观众在享受视听盛宴的同时忽略了名著的深层意蕴能带给人的心灵慰藉。

经典动画《大闹天宫》2012年出了3D版，这几乎是个怀旧版的《大闹天宫》，画面与人物造型都那么熟悉，不同的是，我们不是围坐在白色的幕布前，或者甚至是在幕布的背面，而是在宽敞的现代影院里，除了逼真的音响之外，还有架在鼻梁上的一幅奇怪的眼镜，很简单的PVC材质，却让我们看到了从前从未看到过的景象，那就是"三维"。连最能接受新生事物的孩子们都在惊呼："它就在我眼前，伸手就可以摸到！"三维空间的概念从前一直存在于物理意义、绘画艺术、空间几何上，或者说存在于我们潜在感觉里，如果没有这样的方式，我们甚至感觉不到我们是生活在这个叫作"三维"的空间里。3D版的《大闹天宫》并不是跨文化影像改编的直接产物，但是它却实实在在是跨文化影像的产物，《阿凡达》开启了中国3D大片的世界，影院的爆满和数亿的票房让人至今记忆犹新，虽然这部片子并未让多数人觉得"很喜欢"，或者物有所值。

动漫不仅仅是影像，而且还是一种"环境"，受众不仅是观众，更重要的是参与者，亲自扮演角色，参与情节，体验人物的喜怒哀乐、失败、成就与梦想。它与传统影像不同，传统影像用视觉、听觉的体验吸引受众的注意，挖掘受众内心，引发受众的共鸣。而游戏由受众角色扮演，对环境、气氛亲身参与，而且，这种扮演下超越了幻想的阶段，进入互动阶段，因为不同的角色由不同的真实的人扮演，只不过他们互相甚至从没见过面，也许还相隔万里。这是一种角色主题的重大变换，这种角色主题的变换是充分反映了时代特色的，或者说它本来就是时代的一部分。人类社会一下子变得多维化了，不同于天堂、人间、地狱神话式的多维空间，而是具有现实感的，以"事实上的我"一定程度上参与进去的多维空间。关于这种多维空间的描述近些年来无论在科学界还是影视界都越来越多地进行，如香港《第8号当铺》，美国《盗梦空间》《源代码》，流行的穿越剧，2012年春晚中的穿越小品……

与《西游记》十分不同的是，《三国演义》《水浒传》和《红楼梦》在跨文化影像改编方面的情况差异明显，这种差异本身就是值得深入研究的课题。《三国演义》在日本有动画版的改编，《水浒传》与《红楼梦》仅有中国版的海外发行，却没有国外的改编翻拍。具有典型意义的是日本动画版《三国演义》。这部动画片共三部：《英雄的黎明》《长江的燃烧》《辽阔的大地》，是日本东映动画制作史上最大制作，耗资14亿日元，历时四年完成。动画经过在中国大陆实地考察，后期精心制作，其播放后被誉为最忠实原著的三国卡通，无论是人物的形象还是地理地貌，都还原了当时的历史描述，连国内不少三国迷也不禁称好，最终荣获日本动画最高荣誉——动画金座奖。但是这样"忠实"原著的改编，却出现了其他争议，由于它很多画面风格与20世纪50年代末60年代初上海美术出版社出版的连环画《三国演义》很相似，有些观众评价说它有"抄袭"的嫌疑。抄袭也罢不抄袭也罢，忠实于原著的改编在日本和中国同时得到了认同，这中间有令人深思的审美倾向问题。

如果说关于动画版和影视版的改编我们讨论很多的在于是否忠实于原著，应不应该忠实于原著的话，那么有一种变化发生时我们为什么要忽然忘记了对原著的执着？这种变化就是由影视剧走向网游的过程。大型场景网络游戏似乎一夜之间就充斥了所有的电脑，尽管开发者已经经历过了痛苦的涅槃。网络游戏对中国古典名著的改编即便在国内，也是个较新的研究课题。大型网络游戏几乎具备影视动画作品的一切要素，但它又在很多方面完成了对传统影视动画作品的超越。由于最先进的技术的加入，网络游戏一开始就比动画做得更"抢眼球"。从完全虚拟的角色设计，到邀请著名演员充当形象代言，或者干脆就是从某部影视作品中衍生出来。然而，网络游戏与传统影视作品最大的区别还不在于此，而是在于——它是可以由观众扮演角色的，就是说，这是一种互动的影视作品。

审美主体与审美对象的关系在大型网游出现之后变得复杂起来，也就是说，在审美媒介演进的同时，主客体关系出现了深刻的变革，最鲜明的特征就是作为审美主体的受众对作品本身的介入程度越来越深。《西游记》《三国演义》《水浒传》《红楼梦》都早已被改编成了大型的桌面网游，其中尤其《三国演义》的版本最多，市场上充斥着各种各样的三国网游，数不胜数。仅有着20年游戏开发历史的日本著名游戏厂商光荣株式会社（KOEI），就曾经开发出《三国志》《三国无双》《三国英杰传》等经典三国游戏。这些改编不仅仅是情节、人物造型的改编，还是对作为一种审美过程的影视作品的时代深化。它除了与传统影视作品有情节、艺术表现手法、满足一定的审美心理上的相通之处以外，还有显著的不同。网游信息传播的方式是交互性的，受众可以在情节中与作品中的人物展开直接的交流，这时的受众不再是传统的接受者，而是具有很强能动性的参与者，可以在参与的过程中决定剧情的发展方向，不像观看传统的影视剧时只能猜测或期盼剧情的发展。在参与的过程中，受众的审美心理也发生了重要变化，一种虚拟自我的"价值感"或"情感"渐渐产生，游戏中"自我"存在的体验可能替代现实生活中的真实体验，甚至产生感觉上的依赖与沉迷。

思考对网游的审美态度，并不是为了把网游捧上神坛，反向的思考对于研究跨文化语境下的中国古典名著影像改编有着同样重要的意义。我们除了可以在社会学意义上反思网游使参与者的身份发生错位——以至走向"反现实社会"，还应该思考在影像技巧上越走越远的改编与跨文化改编是否让我们缺少了一些什么。"互动式多媒体留下的想象空间极为有限。像一部好莱坞电影一样，多媒体的表现方式太过具体，因此越来越难找到想象力挥洒的空间。相反地，文字能够激发意象和隐喻，使读者能够从想象和经验中衍生出丰富的意义。"① 甚至，网络游戏这种互动性极强的多媒体产物让受众投入其中的时候，根本就忘记了视觉与听觉上的享受，而是沉浸在了虚幻的个人成就之中。现实社会的浮躁伴随着影视、网游的虚拟性使我们越来越远离内心的宁静，在现实社会之外，视觉、听觉极度刺激与虚拟的英雄气概之后，是不是出现了更深的内心空虚？在这个时候，静静地阅读一本无论什么内容的书，再步入树林草地，看一看嬉戏的孩童，是不是恰好能弥补这种空虚，得到现实意义的审美愉悦？

　　回归语言与文字，是我们在讨论影像审美之初未曾考虑到的问题，在绚烂夺目的声光电转换与令人心跳的镜头跳跃之下，当我们沉静下来，再次回顾这一发展历程，我们意料之外又意料之中地发现，原来文字并未离我们远去，《西游记》在日本、韩国的跨文化改编纵然有各种荒诞之处，但从未完全脱离原著的影响，原著的精神仿佛是影像前世的情人。

---

① ［美］尼葛洛庞帝:《数字化生存》，胡泳、范海燕译，海南出版社1997年版，第17页。

4 《西游记》跨文化影像改编的文化观照

在影视传播的时代，无论是《西游记》在东方的变异还是在西方的变异，都与文本跨文化译介时代的特点有着显著的差别。文本的译介终究绕不开原著的权威性，而影视的改编则有着更大的张弛空间。抛开东方或西方的文化区别，《西游记》的跨文化影视改编还表现出一些共同的特点和趋向。人类知识的进步开阔了人们的眼界，也在一定程度上易于形成偏见。在跨文化传播过程中，文化误读是一个难以避免的现象。这需要我们具有跨文化的理解能力，即"能力上——能够从他人的角度看问题；心理上——能够容忍暂时的误会或挫折而不是以消极刻板的想法或偏见去对待他人；行为上——能积极配合以消除误会，建构意义，营造融洽的氛围"[①]。从这个角度来看，《西游记》在日本和美国的影像改编无疑受到日美文化的深

---

① 刘洪：《跨文化传播研究的三个悖论》，载《求索》，2007年第7期，第184页。

刻影响。

4.1 渗透的价值观念

任何被改编的作品都是在原著的基础上进行的再创作的成果。"改编，就是把一部文学作品搬上银幕或是把一部电影重新编纂成文学作品。这意味着两者之间存在着'延迟修复'关系和'不同的合作'关系……不难看出，借助在原著中有但却没有保存下来的一些内容，这完全可以说是一个创作的过程。"[①] 也就是说，不管原著出自哪个国家、哪种意识形态，只要经过改编者的手，它的成品就或多或少具有了改编者所持有的价值观念。好莱坞有着从亚洲翻拍电影的惯例，"如何在保持原版电影精彩内容的同时，也使之超越原有的地域文化局限，能够为美国、为西方观众理解和接受，就成了好莱坞翻拍时主要解决的问题。……好莱坞解决此类电影的主要对策便是采取文化融合的方式，删繁就简、东西兼顾，在保留亚洲故事的线索的同时，又植入西方文化的内核。"[②] 从上面对好莱坞所改编的《美猴王》的制作情况和内容变异的介绍中，我们可以知道，《美猴王》虽然改编自中国的古典名著，但是它的内容呈

---

① ［法］莫尼克·卡尔科、［法］玛丽·克莱尔：《电影与文学改编》，刘芳译，文化艺术出版社2005年版，第1页。

② 汪献平、王平：《对亚洲电影的翻拍与好莱坞的全球战略》，载《电影艺术》，2007年第4期，第106页。

现出了一整套有别于中国传统观念的来自美国和西方的观点。

克拉考尔曾经指出："一个国家的电影比任何其他艺术媒体都更为直接地反映出这个民族的心态"。① 在一部影视作品中，价值观念问题虽然表现不同，却始终存在。而且，这种价值观念是通过视听造型的方式，在人们消遣、娱乐的过程中潜移默化得以体现，很容易与观众心理形成一种对应。同样，好莱坞的作品不可避免地体现着美国的价值观念。虽然好莱坞为了在全球电影市场获得更大的票房，从中国以及其他亚非国家改编了很多作品，但是影片的价值观念始终站在美国中心的立场上。正如萨义德所说："东方几乎是被欧洲人凭空创造出来的地方，自古以来就代表着罗曼司、异国情调、美丽的风景、难忘的回忆、非凡的经历。"② 而且，这个既定的立足点是不会轻易改变的。在美国版《美猴王》中，虽然名著素材来自中国，美国的主流价值观念得到了较多的体现，比较有代表性的是对独立思想的宣扬，其次是美国至上原则的体现。

首先是独立思想的宣扬。1776 年，《独立宣言》的签署标志着美利坚合众国的诞生。美国独立后，作为一个从移民中长成的社会，一个从原野里创造出来的国家，面对蛮荒未辟的早

---

① ［德］齐格弗里德·克拉考尔：《从卡里加利到希特勒》，见刘立行：《电影理论与批评》，五南图书出版公司 1998 年版，第 42 页。

② ［美］爱德华·萨义德：《东方学》，王宇根译，生活·读书·新知三联书店 2000 年版，第 1 页。

年环境，面对风云多变的国际背景，独立逐渐成为美国思想的核心之一，是他们崇尚的价值理念和生活方式。"一般认为，所谓美国的'立国精神'，就是《独立宣言》所表达的精神。"① 好莱坞电影对这一主流观念也有不少反映。《独立日》可以说是这类作品中最直接的一个。其他像《巴顿将军》中极具美国个性的巴顿形象，《公民凯恩》中对个人独立和国家主题的探讨，无不反映了这一思想。正如杰斐逊在《独立宣言》中宣布："我们认为下面这些真理是不言而喻的，人人生而平等，造物主赋予他们若干不可转让的权利，其中包括生命权、自由权和追求幸福的权利。"② 以至这种独立的思想在中国题材电影《美猴王》中也有较多的体现。

我们不能否认原著《西游记》中也有独立意识的存在，孙悟空不拘束缚、大闹天宫的精神正是一种独立意识的体现。孙悟空这种不服权威、对个体独立身份的执着追寻也造就了《西游记》原著的独特魅力。但是，中国历代对《西游记》的改编或者续写都没有像《美猴王》一样把独立意识作为整部电视剧的主题。在《美猴王》中，独立思想变成了一种时代精神。全剧把《西游记》手稿的留存与焚烧问题作为推进情节的主要线索。徐忠诚要焚毁《西游记》的原因就是因为这本书所宣扬的

---

① 何顺果：《美利坚文明论：美国文明与历史研究》，北京大学出版社2008年版，第86页。

② 同上书，第96页。

独立思想会让人成为一个追求独立的个体，它会激励人们起来追求个性解放，反对故步自封。观音和尼克拼命保留《西游记》原稿是为了保护自由独立的思想和因此带来的社会文明。他们认为，人类文明的进步正是建立在独立思潮发展的基础上，在剧中，观音还引用了佛所说的一句话来证明这种独立思想存在的有益性，"Lord Buddha has said, only when individuals have the courage to follow his or her own path, only then, all the world become enlightened."（佛说："唯有个体有勇气追寻自我之路，世界才会充满光明"。）在这里，我们分明看到自文艺复兴以来激荡于整个西方的启蒙运动的思想武装。由此演化而来的以《西游记》精神为代表的独立思想成为全剧争论的一个焦点。

然而，对于《西游记》书稿所包含的宝贵精神财富以及该书对人类文明的价值，生活在中国古代的书稿作者吴承恩却没有意识到。他因为写了这本"禁书"而被以徐忠诚为代表的邪魔关押了500年，在不停地自我批评和思想改造的过程中，他无法对《西游记》在历史长河中所起的作用做出清晰的判断，以致在天界法庭上做出了销毁此书的决定。在吴承恩生命的最后时刻，是来自美国的具有独立精神的尼克带他来到抗战时期的中国，和观音一起向他展示《西游记》对下一代的精神作用："它让中国人具有了道德和勇气，使他们懂得了遵循内心、反抗不公。《西游记》的故事使孙悟空成为下一代中华儿女的偶像和学习的典范，孙悟空这一人物激励了下一代勇于梦想更加美好的事物并义无反顾地朝着自己的梦想去改变世界。"正是在这种独立意识和精神的感召下,吴承恩最终受到感化,决定留下《西游记》这部书稿。

美国人是从移民北美的清教徒繁衍起来的。清教徒有着强烈的反权威传统。"他们的教会依据的是自治原则,他们对人类堕落的信念加强了对权力的监督限制,他们关于职业是上帝呼唤的理解有助于个人对自我价值的肯定,也增进了平等的观念。尽管他们的社会是建立在公共利益基础之上的,却始终能尊重个人的良心和理智,因为这是上帝赋予每个人的权利。"[1]好莱坞借助原著《西游记》中孙悟空的叛逆性和反抗性,在《美猴王》中将之汇成宣传独立思想的海洋。然而,影片中对中国城市面貌的刻画却依然停留在半个世纪之前,观音和尼克都穿着绿色军装、头戴绣有五角红星的帽子,途中经过的建筑悬挂有巨幅毛泽东头像,道路两边的老百姓有的正欣赏着露天的《西游记》京剧。"或许这正是美国人对中国形象或是文化的想象。"[2] 可见,好莱坞作为美国主要的影视产业基地,其影片不可能不反映美国的主流观念。不仅《美猴王》被演绎为对独立个体以及独立思想进行追求的过程。由好莱坞改编的另一部电影《花木兰》也包含了这样的内容。好莱坞将木兰代父充

---

[1] 钱满素:《美国文明》,福建教育出版社2008年版,第336页。
[2] 李子薇:《美国版〈西游记〉:中美文化的碰撞与融合》,载《青年记者》,2008年第23期,第19页。

军解读为她对个体解放的追求和对独立个体价值的追求，而不是我们普遍认为的"孝道"及"巾帼不让须眉"的精神或者是对"男权至上"的封建意识的颠覆。

其次是美国至上原则的体现。虽然人类天性里对自己的民族国家有一种自豪感，但是像美国这样来自年轻国家的强烈的自我优越感并不多见。康马杰的著作《美国精神》自1950年出版后，重版20次之多，可见康马杰对国人的观察深得人心。[①] 他是这样描述美国人的自我优越感的："美国人完全生活于新世界，这里得天独厚，无比富饶，因而形成一种夜郎自大的信念，确信美国是世界上最好的国家。每一个横渡大西洋——很少走别的路——到美国来的移民，在想象中也确信这是全世界公认的事实……美国人认为自己的国家优越，也就很自然地认为自己比别人优越。这种自命的优越感随之产生一种天然的使命感。"[②] 正是这种源自每个人内心的优越感使美国人滋生出一种拯救意识，认为自己承担着拯救世界的使命。美国普通民众内心的这种使命意识——把自己当成世界拯救者或者文明和自由使者的使命意识，不仅在现实生活中，在好莱坞电影中也有许多反映。美国影视作品的这种意识形态倾向被包装

---

① 蓝爱国：《好莱坞主义：影像民间及其工业化》，广西师范大学出版社2003年版，第86页。
② ［美］康马杰：《美国精神》，杨静予等译，光明日报出版社1988年版，第13页。

在具有强烈视听效果和震撼力量的情节结构之下,通过娴熟的叙事技巧得以更为隐蔽地展示,因此在形态上也更不容易为人们所察觉。但是,透过表象和影片的表层结构,我们其实很容易发现其中隐藏的深层意义。

在《美猴王》中,观音的扮演者是中国演员白灵,孙悟空的扮演者也是中国人,而拯救者——唐僧(尼克)的扮演者却一定是美国人,而且是唯一能拯救这个世界的人。为了让美国唐僧有拯救《西游记》手稿的合法身份和立论基础,剧中把他塑造成美国社会一个酷爱中国文化并痴迷于《西游记》研究的学者。最终,这个来自美国现代社会的"唐僧"通过他坚定的信念和超人的勇气,带领着悟空、八戒、沙僧等,不仅战胜了以徐忠诚为代表的邪魔,还帮助已被徐忠诚"洗脑"的吴承恩辨明真理,重新找回了自我。最终,在尼克的帮助下,已故的吴承恩借助他写《西游记》的那支笔在天界法庭表明了自己的意愿,使《西游记》手稿最终得以保留人间。而这所有的一切,都是因为有了美国学者尼克的出现。

从某种程度上来说,像美国一样,把自己的社会价值和内在意识形态在影视作品中表现得如此突出,在其他国家中并不多见。几乎大部分的美国影视作品都在竭力渲染一种所谓的"美国精神"。这种精神的核心是在作品所展示的世界里,作为主人公的美国人,他们的观念、思想和所作所为总是正确的,总能代表美国人民乃至全世界人民的意志。

尽管20世纪中期以来，随着高科技的发展和世界风云的变化多端，美国人不敢再确信，他们的国家无论在什么时候都是世界上最好的国家。"当世界迈入原子时代，他们担心整个世界都会在轰隆一声巨响中转眼化为灰烬，生命连哭喊的机会都没有就完结了。但这不会打击他们的乐观精神，因为那经久不衰的乐观主义来自他们的本能，并不需要理性的支持。他们一直认为，人类的发展如果有进步的话，那就只能从美国找例子来加以说明。"①美国人的这种自信，使我们不难理解美国电影中出现的诸多美国至上的原则及体现。

4.2 潜隐的文化精神

如果说从文字语言到影像语言的转换，是一种由于形式的转变带动的内容的变异，那么，在《西游记》的影视传播中，跟随传播国的文化价值观念而产生的内容变异是一种更自觉的变异过程。这种变异由于改编者的异国身份而带有一定的必然性，同时，这种文化价值观的变异也体现出一定的特点，比如体现人类共同文化需求的内容一般不会产生变异，在不同文化圈内产生文化变异的情况有所不同。

目前在《西游记》的异域传播中，传播者大多不是中国本土人士而是域外人士，也就是说，在异域比较有影响的《西游

---

① 施袁喜编译：《美国文化简史》，中央编译出版社2006年版，第255页。

记》版本不是由我国主动推出,而是由他国传播者将我国的文化资源进行改编并在本国或全世界推广。比如日本版的《西游记》由日本人制作而成,美国版的《西游记》由美国电视台制作而成。虽然其改编所依据的原著《西游记》都是一样的,但其意义并不是一成不变的。不同时代、不同文化背景的读者可以在接受的过程中以自己的方式对它进行重新阐释。正如伏尔泰的《中国孤儿》把我国《赵氏孤儿》的主题由"复仇"改为"谅解",因为伏尔泰是依据法国的文化背景,按照法国新古典主义的美学原则来改写的。[①] 因此,东方人眼里的《西游记》不同于西方人理解的《西游记》,美版的《西游记》与日版的《西游记》也会有着天壤之别。究其原因,不同文化背景的人会根据自己的文化价值观出发来理解和接受《西游记》,其改编的《西游记》也会不自觉地带有改编者所在国的本土特色和民族色彩。尤其好莱坞在改编亚洲电影的过程中,往往会"在移植的过程中注入了本国文化的内涵。因而被翻拍的影片往往要根据本国观众的审美趣味和观影习惯,进行适当的改编与增添,调整东西方文化差异较大的地方,使之更适合本国观众,看起来更像'Made in America',从而再以一副新鲜面孔出现在

[①] 李庆本:《跨文化研究的三维模式》,载《文史哲》,2009年第3期,第91页。

全球观众面前"①。

《西游记》在影视改编过程中体现的文化价值观念的变异在不同的文化圈体现出不同的特点。地理距离相近的国家和地区容易形成文化接受上的接近性，比如，在东亚文化圈传播中国文化就远比在欧美文化圈容易。就《西游记》而言，最先对《西游记》进行改编并且相对价值观较接近的仍然是东方国家。但即便如此，同处于东亚文化圈的日本与韩国等国家的文化仍然与中国有着不小的差异，正如美国著名人类文化学家鲁思·本尼迪克特所说，在同一文化圈内部又存在着不同于其他的特殊的社会目标，因而会呈现出不同的"文化模式"②。

《西游记》在东南亚有着广泛的吸引力，三藏、悟空、八戒、沙僧的形象及其为了目标历尽艰辛的奋斗精神也深入人心。日本的漫画《最游记》由日本知名漫画家峰仓和也根据《西游记》改编而成，至今已火爆了10年，甚至推出了第二部《最游记RELOAD》。虽然说《最游记》的故事是参考了中国四大名著之一的《西游记》而写的，但《最游记》的故事背景、内容与《西游记》是完全两回事。《最游记》在内容上带有日本文化特色，师徒四个人是个团队，非常平等，没有我们所谓的

---

① 汪献平、王平：《对亚洲电影的翻拍与好莱坞的全球战略》，载《电影艺术》，2007年第4期，第106页。

② ［美］本尼迪克特：《文化模式》，张燕、傅铿译，浙江人民出版社1987年版，第243页。

等级制度。情节发展中有很多细节表现日本"温情"化的一面，包括日本"幽玄""物哀"的审美倾向。

日本的民族特征在日版《西游记》中有着不同程度或不同角度的表现。首先是宗教的影响。日本是一个位于亚洲，与朝鲜和中国隔海相望的狭长岛国。因为岛国的条件制约，日本民族一直保持征服、学习的能力和崇尚自然的原始天性。日本不仅发展出了自己的本土宗教——神道教，与此同时，还积极接受中国和朝鲜宗教文化的影响，并使这种宗教"为我所用"。

中国儒教的传入为日本朝廷建立了秩序和礼节，使得日本神道教强调的"天皇"的"神之孙"的信仰和等级制度得到加强。另外，儒教中的忧患意识、对自然人性的宽容态度、现实主义的人生态度、成王败寇的战争观等，也都与当时的日本民族生活及文化需要相适应。但是，儒教中的禁欲主义受到日本文化的排斥。日本人有着坚强的意志力，做事执着、认真、不惜代价。但同时，他们保留着自己享受生活的权利，无论饮食的精细、"泡热水澡"的嗜好，还是对性的宽容，都可见一斑。但是，日本人绝对不把这种感官的享乐作为"生活的要义"，"在他们尽情享乐之后，他们就能够为义务献身"。[①] 因此，中国儒教的绝大部分内容都被日本接受，但禁欲主义却被排除在外。在日版《西游记》中，也改变了原著中对情爱婚恋的避讳

---

① ［美］本尼狄克特：《菊与刀：日本文化面面观》，北塔译，北京理工大学出版社2009年版，第125页。

和克制。几乎每一部与《西游记》相关的日剧都要为师徒四人增添爱情色彩,但是,这种爱情色彩并不影响他们取经的执着与克服困难的勇气,他们为了自己的目标一样可以无往而不胜。

　　佛教在日本的流传也很大程度上被"日本化"。佛教的传入一开始便受到了排斥。佛陀的创世和救世功能对"神道教"中天皇的统治地位构成了威胁,而且佛教宣扬的消极厌世、四大皆空以及无国无家的思想,对当时的天皇制度无疑是一种挑战。然而,立志要学习中国的日本,在看到中国的佛教盛行的情景时,不仅逐渐接受了佛教,并且将佛教自由化,变化为与日本民族文化传统相符的宗教。近代日本佛教几乎取缔了佛教的全部戒律,把戒律严明的佛教变成了最自由的宗教。例如,日本民族在实践中对佛教"戒律"的歪曲和废弛,是所有崇信佛教的国家中都没有的先例。日本著名的人类文化学家、东京大学教授中根千枝女士曾说:"日本是一个类似海参的软体动物,通常不表现出明确的形体。"[①] 日本一旦接触外来事物,其"软体"便会畸变。也正因如此,佛教在日本文化中的变异也是惊人的。其僧众受传统教规限制甚少,既可烹鱼食肉,大快朵颐,亦可娶妻生子,出入青楼。《西游记》是一部佛教小说,在原著中,唐三藏带领徒弟西天取经,虽徒弟们并非和尚出身,但他尽量以佛家规则来规范自己和徒弟们。例如,《西游记》第二

[①] [日]中根千枝等:《日本人与日本文化》,讲谈社1985年版,第87页。

十七回"尸魔三戏唐三藏,圣僧恨逐美猴王"的情节,因为悟空违反戒律,唐三藏宁可驱他而去。还有著名的第五十四回"法性西来逢女国,心猿定计脱烟花"中,唐三藏拒绝与女王结婚的情景等,都能看出三藏对佛家规范的严格遵守。这样的例子在原著中随处可见。在日版《西游记》中,则普遍很少涉及对清规戒律的描写。在日本《大唐三藏取经诗话》中,甚至出现了"三藏想吃西王母的桃子,便唆使猴行者去偷"的情节。当然,日本人理解的三藏,并非就是特指唐太宗时代的玄奘。据日本汉学家太田辰夫在《大唐三藏取经诗话考》中指出:"玄奘以三藏法师这一称呼而闻名。所谓三藏,是授予在佛教方面通晓经、律、论三藏高僧的称号。在古代,被授予三藏称号的著名高僧除玄奘外,具有代表性的还有义净,金刚智,善无畏和不空。……有些记载说,善无畏即是一位酗酒贪食、言行粗野之徒。如此,本来关于善无畏的故事,经过善无畏—唐三藏—玄奘这样的变化,不知何时变成了玄奘的故事了。"[①]由此可见,日本在吸收了由唐代传入的佛经后,与中国的佛教发展并非完全一样。因此,在对《西游记》的改编中加入了本民族对佛教的理解,创造出了性格各异的三藏和版本不同的"西游记",也是有其宗教文化背景的。

近代以来,日本社会的许多文化现象已经证明,所谓日本

---

① [日]中野美代子:《〈西游记〉的秘密》,王秀文译,中华书局2002年版,第313—315页。

宗教，在多数情况下是一种大众文化。日本的宗教观反映出日本人实用主义的性格特点，表面看去，日本人似乎笃信宗教。"出生不久，便被带到神社，进行初次参拜"，"结婚典礼在神社或教堂举行"，"日常生活则遵从儒家道德，死后依据佛教仪式葬在寺院"。① 但这一切仅仅是日本人生活中不明所以的习惯性程序。日本人之所以这样做，是出于一种团体意识和从众心理，因为大家都这么做，带有很强的大众文化色彩。日本放送协会的一项调查表明，朝拜者中只有 16% 的人是出于宗教信仰。被问及何以如此时，80% 的人说"我们日本人不信宗教"，其入教是"因为别人入了教"。② 正是因为日本宗教的这种大众化特点，日本人对宗教相对缺少敬畏感与神圣感。这导致《西游记》在日本的影视传播也产生了较大的变异，原著中宗教的神圣色彩被大大淡化，在富士版的《西游记》中，唐三藏一行千辛万苦到达的佛教圣地"天竺"被塑造成一个腐败与冷漠的地方，众神高高在上，漠视众生，以自我为中心。唐三藏几乎命丧天竺，最后悟空等拼死闯入，与天竺众神大打出手，才救出三藏一命。这里的"天竺"与宗教圣地应有的终极关怀实在相去甚远。这些在《西游记》跨文化传播中出现的文化变异现象，无不与日本的宗教文化传统息息相关。

---

① 韩立红：《日本文化概论》，南开大学出版社 2008 年版，第 87 页。
② 李远喜：《日本宗教的文化定位》，载《世界宗教研究》，2001 年第 3 期，第 103 页。

除了宗教文化的影响，日本的民族情调和传统审美倾向对日版《西游记》也有很大的影响。如果说一个民族有一个民族的情调，那么，日本人的情调是一种"知伤感之心……最能反映日本人情调的歌曲还是日本国歌，曲调独特，哀婉庄严，全世界没有第二个国家会把如此哀婉的歌曲当国歌"。此外，日本人还有一种"哭泣与悲剧的女性化情调"，"无论什么原因，无论多么伟大，一个看上去得意忘形的人，在日本都是很不受欢迎的，甚至是遭人讨厌；他或者她最好把姿态放低，让别人也舒服；于是眼泪就比豪言壮语和张牙舞爪的动作更合适，一切尽在不言中——在眼泪中"。① 这种情调与日版《西游记》中女性化的三藏法师不无关系，也与三藏法师的屡次掉泪不无关系。这种情调也形成了日本文艺作品"幽玄""物哀"的审美色彩，促成日本文艺作品重视"纯真温情"的一面。一如川端康成笔下的女性形象，集诚、哀、寂于一身，形成一种具有哀而不怨、纯真温情的审美特质。日版《西游记》中多次用母爱来突出作品温情的一面，不仅悟空因母爱神迷，用之抚慰自己解不开的孤儿心结。连三藏法师也为母爱沉醉，愿意在有母爱相伴的梦境中永不醒来，愿意为了母亲的陪伴放弃他天竺取经的誓愿。

日本的民族情调和传统审美倾向中也有强调忠诚和为义务

---

① 孔祥旭：《樱花与武士》，同心出版社2007年版，第109—111页。

献身的武士道精神。著名导演黑泽明的作品,全部渗透着一种强烈的武士道情结,他们强调为了义务而献身。"武士道很注重集体主义,他们就像樱花一样,单个的樱花并不美丽,但成片的樱花开放就很完美,单个武士的作用不是很大,甚至一个农民就可以与之对抗,但是一个武士集团的力量无人比拟,不管是影片《七武士》,还是《四十七武士》和《乱》中的武士都是以集体的身份出现并战胜对手,团体意识很浓厚。"[①] 这种精神不光在武士阶层传播,同时也延伸到日本各个阶层,使日本整个大和民族紧紧地团结在一起,从而才有了日本在当今国际上的重要地位。相对于中国《西游记》中唐僧和三徒弟之间的师徒关系,在日版《西游记》中更多表现的是一种团队精神,三藏法师与悟空、八戒、沙悟净之间的关系与其说是师徒,不如说是伙伴,这种新型的关系定位其实也是日本武士道精神的一种折射。在取经过程中,师徒三人面对各种困难所表现出来的可贵勇气,以及三藏法师屡次为了他人不惜牺牲自己的生命,也是武士道精神的一种体现。

原著《西游记》主要是讲述师徒四人的执着进取精神,文本崇尚智慧力量与奋斗精神,崇尚邪不压正,是带有儒释道正统思想和反映社会现实图景的小说。

日版《西游记》内容的变异一方面是受日本宗教、民族情

---

① 刘妍、庄媛、种珊:《从影片〈七武士〉窥视日本电影的民族风格》,载《电影评价》,2009年第14期,第50页。

调、审美倾向等因素的影响,另一方面是日本对外来文化资源注入了现代社会风尚所致。近年来,日本逐渐由一个经济大国上升为一个文化大国,尤其在漫画方面出口量大增。日本作为一个资源相对贫乏的岛国,创造出如此大量的文化作品,光靠自身的创作素材是有限的。"它既从自己的风俗传统里寻找题材,又从东方邻国以至世界各国的历史文化传统里寻找宝藏。从古代中国故事到未来东京,从希腊罗马神话到欧洲贵族生活,从圣经故事到佛教传说,从中国的'四大名著'到紫式部的《源氏物语》,从最古老的文明到未来的幻想世界……"[①] 日本人凭借其一丝不苟的调查研究精神和学习精神,总能较快完成对外来文化的学习和借鉴。并且,为了让传统的文化吻合现代人的审美倾向,他们往往能以当下的眼光、现代欧化的思维方式对传统题材进行二度创作,最终使传统文化或题材焕发新的魅力,在全世界范围内具有吸引力,以其古典的故事情节与现代性的时尚面貌吸引更多的读者。

在日版《西游记》中,虽然讲的依然是三藏法师师徒取经的经典故事,但我们能感受到无处不在的时尚元素。小偷女凛凛在取经故事中似乎游离在故事之外,偷东西是她的职业,一出场她便偷走了孙悟空的金箍棒。她有意无意地与师徒四人结伴而行,也总与孙悟空为了一点小事发生或大或小的争吵。而

[①] 李笑寒:《日本动漫创作中的中国文学题材研究》,华中师范大学硕士学位论文,2008年。

这位小偷女其实是灭法国的公主，是灭法国唯一合法的王位继承人。她有着现代女孩的刁蛮与任性、反叛与执着。性格反叛的她不喜欢去做那个王位的继承人，而喜欢无羁无绊的生活。这位凛凛姑娘像现代女孩一样有着对爱情的浪漫幻想。她爱上了同样不愿意接受约束的孙悟空。为了保护师徒四人顺利走出灭法国，为了保护悟空，她中了恶人事先安排的暗算，几乎献出了自己生命。这种小偷女与公主的身份比照，这种反叛又纯情的爱情故事，无不洋溢着现代的时尚气息。此外，日剧中的《西游记》解构了原著中法术无边的权威人物，彰显了平常人的勇气和力量，对所谓的权威人物甚至运用了后现代的调侃色彩。比如富士版《西游记》中并没有出现救苦救难又法力无边的观世音菩萨形象，取代观世音权威形象的是老子形象。他平庸而无威信，胆小而又自我，他并不能为三藏法师的降妖除怪提供任何帮助，反而因为唠唠叨叨经常与孙悟空发生口角，这里的老子形象已经从权威走向了边缘，彻底打破了传统的神圣性，体现出现代性的特点。

现代社会风尚还体现在故事情节和人物对话中"搞笑佐料"的无处不在。日版《西游记》中出现的经典搞笑细节和幽默片段数不胜数：猪八戒生儿子，对他的小猪儿子依依不舍；孙悟空为了摆脱他的孤儿情节而给一群孤儿做爸爸，表现出从未有过的耐心与自我牺牲；沙僧为情所困，几乎失去他一贯的理性；唐三藏的恋母情愫，因为有了母亲的陪伴愿意放弃西行的誓愿。甚至在每集的故事结束之后，总有一些搞笑的人物对话来轻松气氛，化解沉重。它们读来非常自然，却是作者有意为之；它们有着现代式的黑色幽默，以看似不合理的方式铺陈展开，却又毫无突兀之感，在略显荒诞的背景下令读者会心一笑。

人物性格也有鲜明的现代化特征。日版的孙悟空与原著中的孙悟空相比，他更加可爱，更加天真，除了神通广大之外，他更趋近于一只猴子，猴子的弱点他一样不缺，经常缺乏耐心，毛毛躁躁；他天真率直，喜怒哀乐在表情上一览无余，偶尔还会发挥毒舌功夫、说八戒和沙悟净如何不堪……而最重要的一点是，孙悟空西去取经的原因，是为了找到自己的心，让自己摆脱石猴的孤单，找到属于自己的团队和群体。孙悟空摆脱了单纯英雄的形象，他冲动而淘气，举动颇具搞笑色彩。猪八戒也不像原著中贪吃贪睡还自我感觉良好地活着，他因为猪的身份始终处于自卑状态，他没有悟空强，也没有沙悟净理智。他因为猪的身份而受到嘲笑，因为是妖怪而处处遭人躲避，他的内心充满自卑。他在取经途中逐渐克服自卑，找到了自我。这种性格都不像是神话传说，而是现实生活中活生生的人物。

总之，影视作品成功的基本要求是能唤起大众的热情，而要能抓住观众的眼球当然少不了流行元素，否则作品再想传达什么正义战胜邪恶的主题，也只能是空中楼阁而已。而日版的

《西游记》，我们且不论其改编内容的是是非非，但的确能够让我们感受到改编人员对于再创作所花费的心力，即如何让一个本已家喻户晓的故事焕发出新的生命力，从而能够为更多不同口味的读者接受。这也是中国文化跨文化传播中值得思考的一个问题。

为了让《美猴王》这部取材于中国的作品具有东方民族风情，好莱坞汲取了不少象征着中国文化的符号元素，分散在场景、演员服饰、背景音乐、人物对话等各个方面。如观音的水袖、猪八戒的招风耳和大肚皮造型，吴承恩花白的长胡须和一身汉服打扮，玉皇大帝居住的天宫和陈列着无数兵马俑的秦始皇陵等。当然也少不了中华民族传统的图腾——巨龙的出场，它醒目地出现在作为全剧焦点的《西游记》手稿的封面上。甚至主人公唐僧，也是一位痴迷中国文化的美国学者。但是，中国文化在《美猴王》中虽然以各种符号的方式出现，但是这种显现是零散的、平面的、被动的。正如跨文化交际学的创始人爱德华·T. 霍尔在其著作《无声的语言》中指出："文化存在于两个层次中：公开文化和隐蔽文化，前者可见并能描述，后者不可见甚至受过专门训练的观察者都难以察觉。"① 隐蔽文化层中主要存在的是观念，而观念的核心是价值观，价值观无声无息，却主宰和影响着一个人或

---

① ［美］爱德华·T. 霍尔：《无声的语言》，刘建荣译，上海人民出版社1991年版，第57页。

者群体在生活与交际的各个方面,包括思维方式及行为特点。不同的价值观往往造就不同的文化模式。这也是《美猴王》表现出的民族文化特征之一。

西方宗教模式对《美猴王》有深入的影响。宗教是文化的一种深层结构,美国著名的跨文化传播学专家萨默瓦指出:"为了更好地理解一种文化,你需要理解它的深层结构……世界观(宗教)、家庭结构、国家(社区及政府)这些构成一个文化的深层结构。"① 许多跨文化的误读似乎出现在文化交往的层面,但是其根源却在文化背景差异的根源上。就西方文化而言,希伯来文化是对其影响至深的源头性文明之一。希伯来文化重视人对上帝的忠诚,强调用人的理性克制各种诱惑。希伯来文化演变为基督教文化后,对西方的影响至今未绝。希伯来文化、基督教精神与其说是西方的一种宗教信仰,毋宁说是已经深入到大众血液里的一种传统价值观。正如中国人虽然真正皈依佛教的并不多,但是国人对佛教的"因果报应"无不存有几分敬畏之心。同样,"基督教是美国大多数人的信仰,故而基督教的教义成了一般美国人的道德规范。"②

因此在《美猴王》中,全剧没有一次出现关于"基督教"

---

① [美] 拉里·A. 萨默瓦:《跨文化传播》,闵惠泉、王纬等译,中国人民大学出版社2004年版,第105页。

② [美] 冉伯恭:《真实与虚幻:21世纪的美国》,百家出版社2008年版,第29页。

的台词,也没有出现任何基督教的仪式,但是"基督教的精神和价值观却无处不在"①,以至于取代了原著的佛教背景。《西游记》原著中的妖怪被基督教里的魔鬼代替,更以骷髅头和吸血鬼的形象将其具体化,同时,《美猴王》中的台词也流露出基督教的教义,诸如"万能的上帝""罪恶的诱惑""宽恕"等词总在不经意间脱口而出。剧中有一个孙悟空回到花果山,却发现混世魔王占领了花果山的情节,愤怒的孙悟空对混世魔王说的第一句台词就是:"准备赎罪吧!"在《美猴王》中,不仅细小的台词流露出基督教的教义,在一些关键的情节上,同样有着基督教的色彩。在美国唐僧带领他的徒弟们和邪魔力量战斗时,仿佛也出现了《圣经》创世纪中"诺亚方舟"所经历的大洪水的场景。一场大洪水洗涤了这个世界,冲走并摧毁了所有邪恶的力量,只有诺亚和他的家人以及飞禽走兽们在诺亚方舟中得以幸存。同样在《美猴王》中,尼克和孙悟空等为了拯救《西游记》手稿,潜入海底与以徐忠诚为代表的邪魔展开斗争。当悟空被捕、尼克被抓,邪魔们准备像吃唐僧肉一样把尼克吃掉时,突然引发了大洪水,大洪水冲毁了"地狱"的一切,并帮助他们逃离了魔窟。

可见,宗教作为一种深层的文化模式,历经千百年的沉淀与洗练,已经深入到一个文化的血液里,已经成为一种意义认

---

① 罗艳丽:《从美国版〈西游记〉看美国深层文化结构》,载《成都大学学报》,2007年第2期,第113页。

同和价值取向。当外界的意义认同与之发生偏差时，它会自动将其整合、融化，并将之纳入自己的价值观念中。尤其在美国，"美国人习惯将事物美国化，以自己的方法去认识各种思想。他们认为上帝会厚爱自己，不论在什么地方皆是如此。"① 正是这种宗教文化，虽然隐形，却无处不在地影响着《西游记》影片的改编，以至原著中的佛教背景和文化模式，在这只无形的手的作用下，逐渐成为可见的元素或碎片，虽然依然存在，只是虽见其形，难觅其神矣。

个人主义价值观在《美猴王》中有十分突出的表现。如果说西方文化的源头之一是希伯来文明，那么另一个源头就是古希腊的文化世界。瑞典古希腊罗马研究专家安·邦纳认为："全部希腊文明的出发点是人。它从人的需要出发，它注意的是人的利益和进步。为了求得人的利益和进步，它同时既探索世界也探索人，通过一方探索另一方，在希腊文明的观念中，人和世界都是对另一方面的反映，都是摆在彼此对立面的、相互照应的镜子。"② 的确，古希腊是在岛屿或半岛上建立起来的文明，岛国的环境不利于农业生产。他们必须凸显人的力量，在征服或者改造自然中获得生存。在远洋运输或海外迁徙中成长起来的希腊人，开拓性和个人主义是潜入他们的血液的。

---

① 施袁喜编译：《美国文化简史》，中央编译出版社 2006 年版，第 88 页。
② ［瑞典］安·邦纳：《希腊文明》（第一卷），见郑克鲁主编：《外国文学史》（上），高等教育出版社 2006 年版，第 42 页。

"人是万物的尺度"这句名言揭示的正是古希腊人那种强烈的自我意识。与世界各地的古文明相比,古希腊文明有一种肯定现世的人本主义传统。这种人本主义从某种程度上讲就是崇尚个性,肯定人追求幸福的权利,重视人生命价值的实现。个人主义也是美国价值的核心,"它根植于美国最早的意识形态——清教思想之中。在经历了各个时代的历史演变后,个人主义的价值观念已经渗透到美国社会的各个方面。"①

在《美猴王》中,个人主义的价值观不仅仅体现在唐僧(尼克)的个人英雄主义作风中。尼克形象与其说是个人主义价值观的体现,不如说是好莱坞商业模式的需要。人本主义价值观在《美猴王》中无处不在,它直接影响着作品改编的基调和风格。中国文化中大慈大悲的观音菩萨,"无我"更无性别。而在《美猴王》中,观音在帮助尼克和孙悟空的过程中,不自觉爱上了尼克而被降级,并且失去了法力。她并没有因此自卑或自责,而是认真反思自己作为一个个体存在的价值:"我一辈子都在帮别人,当我想为自己做点事情时却遭到所有人的反对",以致最终决定放弃仙姑的身份,"去追随个人的心灵之路"。这种人物身份定位和情节的变异正是西方个人价值观的体现。这种个人主义的价值观在另一层面上的体现就是追求人与人之间的平等。在《美猴王》中,没有原著《西游记》中那

---

① 钱满素:《美国文明》,福建教育出版社2008年版,第336页。

种讲究尊卑有序、尊重权威的传统，也没有唐僧师徒对观音双手合十、双膝着地的敬畏。观音虽然是整个拯救行动的策划者也是指导者，孙悟空和唐僧都不拜观音，且直呼其名，表现出一种非常平等的关系。正是有这种文化的变异，才有了凡人尼克和仙姑观音产生感情的文化基础。人本主义的价值观还在《美猴王》中的法庭模式中有较突出的反映。关于《西游记》手稿的去留，尼克他们与徐忠诚各执一端。最终将决定《西游记》这本书稿去留命运的地点设在了由玉皇大帝所主持的天庭里。在这个天界法院开庭审判时，所有在位诸神仙、圣人都要列位出席进行听证。当然在天界的法院里，最高法官就是众神的统帅者玉皇大帝本人了。在进行审判之时，原告、被告双方可以进行各自的情况陈述，拿出自己的证据、证物进行辩护。而这种情节变异的基础正是深埋在西方文化里的人人平等的价值观。

美国的文化主要是受欧洲文化，特别是英国文化的影响。因而，"美国文化的核心是个人主义，个人主义的主要观点是认为个人利益至上。一个人生活在世界上，应该有尽量发展个人才能和增加个人利益的权利。欲达到此目的，个人必须有自由、尊严、平等和机会发展个人的才能到最大限度。……但是个人主义不是自私主义，个人主义和自私主义的主要差别是个人主义的权利不能妨害别人统一的权利。"[①] 西方的一些思想

[①] ［美］冉伯恭：《真实与虚幻：21世纪的美国》，百家出版社2008年版，第27页。

家，如培根、孟德斯鸠、卢梭等人的思想对个人主义思想的形成有着重要的作用。从这个角度来看，在《美猴王》中，不管是尼克的表现还是观音的选择，都有其深层次的文化和思想根源。

4.3 显化的商业模式

无论日本还是美国，对《西游记》的影像改编最简单最直接的原因是商业化的需要和利益的驱动。对原著的影像改编一方面是一种商业策略，生产者借助小说文本的艺术魅力和名著的影响力提升作品价值，提高知名度，增加收视率。但在消费文化时代过于遵循原著传统的叙事方式，不可避免会带来新的问题，比如观众市场的萎缩。因为缺乏现代元素的古典文化往往只能吸引那些真正有文化底蕴的人，而不能吸引青少年。另一方面，对意义的搁置还便于表达本民族的或新的文化价值观念，增加现代文化的亲和力。因此，把文本的小说意义进行搁置，重新寻找新的叙事兴奋点，不失为扩大消费群体的一个讨巧的途径。

与《西游记》的跨文化译介传播相比，《西游记》的跨文化影视传播无疑更多受到商业因素的影响。影视制作是一种大投入也是大回报的制作过程，一定程度上说，影视的制作必须首先考虑吸引观众收回资金投入，其次才考虑影片的文化价值和意义。当然，优秀的文化作品必须是文化和商业对接的结果。

但是事实上，无论是日本、韩国还是好莱坞等的影视制作已经形成了既有的规则，有一套运营良好的成熟的生产方式，这套生产方式几乎囊括了所有的可能的商业的赢利点，比如明星因素、搞笑因素、爱情因素、英雄主义因素等。所有有悖于这套生产方式的内容都会得到大刀阔斧的改编。商业模式的潜规则存在以及对内容的影响我们可以从以下几个基本的影视制度中得到确认。

首先是制片人中心制度。在现代影视制作过程中，由于生产环节众多，必须要有一个能够协调各个部门与环节的优秀的管理者的存在。如果从艺术内容出发，这个管理者应该是导演，或者是其他由与经济无关的艺术家担任的总监。但是现代社会的影视管理者都是影片的资金筹集者——制片人。制片人不仅是影片的资金筹集者，也是影片市场效益的最大得益者。所以，制片人在制片的每一个环节都会充分考虑公众的口味和市场的需求。商业和市场是制片人工作的内在动力也是终极目标。正如日本版《西游记》的制片人铃木吉弘在接受采访时说，他们给这部《西游记》的定位是让一家老少喜闻乐见，所以设计人物性格时注重让孩子产生共鸣。他说，与中国的同类作品相比，这部日本《西游记》最大的不同在于弱化了悟空的能力和三藏法师的性格，以便让他们更接近观众，让观众更容易感受人物的苦恼和奋斗精神。[1]可以说，制片人

---

[1] 日本《西游记》改头换面，中国网，http://www.china.com.cn/chinese/zhuanti/resource/1244112.htm。（访问时间：2006年6月16日）

对作品内容的影响是无处不在的。因为制片人的另一个重要任务是负责人员的调配，比如选导演、定演员等。制片人除了总体负责制作环节的协调和管理，还要一定程度地介入艺术创作过程，比如剧本的选择和改编、内容的定位与表现、镜头的选择与剪辑。所以，制片人中心制度不可避免地造成经济利益对艺术内容的侵害。

其次是编剧过程。现代的编剧过程也并非像我们想象的自始而终有一个编剧进行创造活动。以好莱坞为例，"可以说，剧本是大制片公司实行流水线生产的核心，当时编写一个剧本要用50个左右的剧作家，有的负责收购用高价提前预购畅销小说或百老汇戏剧，有的负责写故事梗概，当拍摄计划一旦确立，剧本编写小组便开始更细的分工，比如可能有的擅长写人物对话，有的善于写场景，或者有的善于写爱情戏，有的善于写心理戏等等。"[①] 比如在美国版的《西游记》中，不管作品的整体故事情节如何，人物对话却不乏可圈可点之处，充满美国式的搞笑风格，如孙悟空的语言"一般人都想不到齐天大圣能这么帅"，孙悟空对"混世魔王"说："你长得跟你爸爸一样，看来你妈妈也其貌不扬。"从这个编剧的过程中我们可以看到，剧本的编写过程首先保证的是爱情、场景、搞笑对话等各个商业要素的齐备，至于作品的整体艺术内容，很多时候不得不有所牺牲。

---

① 何建平：《好莱坞电影机制研究》，上海三联书店2006年版，第55页。

最后是明星的影响力。由于明星对观众具有号召力和亲和力。一些大制片公司重要影片的制作和发行宣传都会围绕明星展开,充分挖掘明星的大众效应这一无形资产,使明星成为某一影片或产品的宣传口号和亮点。在好莱坞,一些制片人常常不惜聘请编剧为某一明星量身定做适合其个人气质与表演风格的剧本,使明星在合目的性的原则下发挥其表演的最大能量,摄影师也会运用摄影技巧,掩盖瑕疵,突出明星的亮丽美点。明星的公众形象或"大众情人"的地位一旦树立,就会转换为一种商品,一种制片厂出售给大众的商品。因为观众有时会因为影片中是否有自己喜欢的明星来决定是不是买票。其实无论是日版还是美版的《西游记》,都调用了为数不少的明星。在这种情况下,为了突出明星的耀眼风采,作品的艺术内容就往往处于屈就的位置。

2008年北京奥运会期间,英国广播公司推出一款跟《西游记》内容有关的宣传片。在这部名为《东游记》的动漫中,开篇出现一块巨大的石头,随着金光一闪,石头里蹦出一只猴子——孙悟空横空出世。接着,观音菩萨从天而降,并且开口唱起歌来:"悟空恭喜,取经来了,为了希望荣耀,燃起梦想,生死与共。"该动漫以奥运为主题,结合了《西游记》中的人物形象,在当地有一定的影响力。与之相关的卡通形象也已经被英国广播公司设计为电脑桌面、手机屏保等多种格式的图像供人下载,可谓雷声滚滚,来势凶猛。当然,英国广播公司此举并非是向中国人"套近乎",而是借着中国的元素在向钱"套近乎",目的无非是在通过宣传吸引国内广大青少年观众的眼球,以提高该台奥运会转播的收视率。在这个宣传片中,英国广播公司只是借《西游记》这个"旧瓶"来装奥运宣传的"新酒"。在人物形象上,孙悟空笑得恐怖,两只发着凶光的大眼往上吊,腰带上还挂着几个人头。猪八戒身着蓝格子衫、脖系白领巾,嘴里啃着大鸡腿。沙僧失去了憨厚感,活脱脱一蓝面水妖形象。而且,剧中没有出现唐僧形象,也许在英国人看来,唐僧取经多此一举,应该让位给贤能的孙悟空,能者上庸者下才是天经地义。

可见,商业模式的潜规则存在对作品的艺术内容总体是有所改变的,尤其在跨文化传播的背景下,商业模式的存在会加剧艺术内容的变异。但是,《西游记》的跨文化影视传播经历也为中国文化的对外传播提供了可资借鉴的经验。中国影视业要走出中国走向世界实现跨文化传播,就必须学会兼顾电影的艺术特征、文化信息和商业模式,以此提升它的传播功能。一部优秀的电影不仅要传承着民族文化的信息,也要有可以容纳国际受众的胸怀。过于本土化或过于国际化的信息编码都不利于电影的跨文化传播。过于本土化行不通,因为"电影创作狭窄的民族视野妨碍着民族电影不断扩大自己的交流范围,也局限了对所表现的题材作更为深广的审美涵盖"[①]。过于国际化的

---

① 颜纯钧:《与电影共舞》,上海远东出版社 2003 年版,第 23 页。

信息，又容易丧失一个民族的自我特征。因此，比较合适的一个方法是实现国际化与本土化两种文化语言的沟通和对话，这就需要我们发掘那些既具民族性，又可以为全世界人们所接受的"文化资本"，也就是说，要挖掘寻找那些本土文化特色中能兼顾与融合世界文化的内容。只有这样的内容，才能体现出它的商业优势，才能引起大众的热爱与欣喜，也最终能体现出传播的目的与价值。

5 《西游记》跨文化影像改编的立体效应

《西游记》的海外影视作品，尤其动漫和网络作品不仅在文本意义上对原著有较大的变异，在表现方式上更是体现出颠覆性的变化。从纸质的小说文本到动漫、网络的影像话语，跨越的不只是媒介，还有历史背景和文化风尚的转换。不管是叙事时间还是作品的背景空间，乃至给受众带来的娱乐效果，都发生了翻天覆地的变化。当然，新的媒介方式客观上也激活了《西游记》的名著元素，使《西游记》以全新的方式吸引了全球人的目光，丰富了世界文化资源。同时，也以娱乐至上的方式，消解了《西游记》原有的经典意义和文化精神。

5.1 名著元素的激活

《西游记》作为一种文化资源被域外人士传播，虽然在改编的作品中我国文化精神有所失落，但是客观上在世界范围内激活了《西游记》的文化元素，促进了世界文化的交流。"媒介是促进产生新文化形式的重要力量"。① 在《西游记》题材被域外影视改编,特别是动漫和网络化之前,《西游记》的传播始终处于一种自足状态,就像明清时期的传播状态,虽然版本多,传播广,但文本内容基本保持稳定。后来的刻绘和表演在一定程度上打破了这种自足性,赋予其一定的开放性,但是这种开放性是极其有限的。重温麦克卢汉(M. Mcluhan)那句经典名言,似乎可以给我们以启示:"媒介即是讯息"②,当动漫和网络的发展以及商品经济的繁荣以一种强有力的形式突破了小说文本后,传统小说便呈现出从未有过的开放性和活力。当《西游记》以一种新鲜的面孔重新展现于受众面前时,在这个充满图像和视听享受的时代,语言文字开始失去它一贯的精英地位。动漫《西游记》中,各种各样的数字技术使人们能够逼真地体验语言所塑造的抽象场景,精美绝伦的画面、瞬息万变的穿越、恰到好处的音乐感染力、各种直达感官的震撼效果,都紧紧地攫取人们的目光。人们逐渐习惯"读图",而不再是一本小说、一杯清茶的静思与默想。也就是说,古典小说的传统阅读模式已经不能完全适应现代人的生活和休闲方式。新的媒介方式打破了《西游记》和现代大众的距离,以其亲切感和

---

① [美]梅尔文·L. 德弗勒、[美]埃弗雷特·E. 丹尼斯:《大众传播通论》,颜建军、王怡红、张跃宏、刘迤文译,华夏出版社1989年版,第368页。

② [加拿大]马歇尔·麦克卢汉:《理解媒介——论人的延伸》,何道宽译,商务印书馆2000年版,第33页。

读图的快感代替了小说作品的生疏感。如果说小说的阅读是独自品味和精神的享受,那么影视、动漫、电子游戏的观看和参与就是一种感官的享受与身心的参与。显然,与小说相比,后者更为生活化,更有亲切感。

正是这种影视化的重新阐释,才使《西游记》所承载的文化元素也得以在全球大众文化中传播,使世界上更多的人能够知道武艺高强的孙悟空,知道唐僧、悟空、八戒、沙僧的故事。尤其是动漫和网络传播,由于其虚拟程度高,信息量大,受到的意识形态的干扰少,跨文化传播效果好。"网络传播更具有跨文化的意义,一个显著的特点就是淡化差异,强调多元文化的共享性和一致性。尽管不同国家、不同文化色彩的网络媒体依然'各自为政',摆脱不了意识形态、价值观念等的束缚,但网络传播不以满足某类或某种文化观念为主导,它能够明晰而多样化地或者说比较均衡地呈现差异,而这恰恰是为了达到人们共同使用的目的,是一个注重'个性'共享的媒介。"① 可见,这种新的媒介形式虽然不能反映中国文化的实质,但是它激活了中国传统文化的元素,并且有效地促进了中国和其他国家、民族、地区之间的文化交流,丰富了世界文化资源。

当然,《西游记》的名著元素在域外通过影视传播被激活的同时,也带来了意义深度的平面化、影像语言的极致化。然

---

① 孟威:《网络传播的文化功能及其运作》,见《新闻与传播评论》(2001年卷),武汉大学出版社2001年版,第64页。

而，正是这种平面化与视觉化，使《西游记》这部经典著作走向了世界，并在走向世界的过程中实现了小说作品样式的开拓，为小说文本提供了更为广阔的可开放性与阐释空间。英国广播公司一部2分钟的奥运宣传片，使观音、孙悟空、猪八戒、沙悟净的形象在短时间内通过网络、广播、电视、手机等各种平台迅速被英国人甚至全球人接受。其传播速度之快，接受范围之广，是以前各个时代的媒介所无法比拟的。而受众对《西游记》的熟悉与接受现状，又为《西游记》在全球的进一步传播打下了良好的基础。可见，开放式的阐释不仅不会导致小说的消亡，反而会激活小说文本的活力与在未来存在的无穷可能性。这种可能性存在于一个民族对自己文学名著与文化传统的重塑能力。

5.2　娱乐效果的凸显

古典小说曾是最接近大众的文学样式之一，有些小说就是在民间的勾栏、瓦肆间发展而来。我们不能扼杀古典小说在特定时代的娱乐作用，然而，相对于现代影视作品，尤其是动漫、网络作品而言，古典小说却体现出更多的理性传统。

5.2.1　古典小说的理性传统

与中国的诗歌和散文相比，中国的小说在产生之初便受到正统观念的贬抑，被称为难登大雅之堂的"小道""末技"。中国小说的理性色彩跟文人的创作身份有很大的关系。从魏晋的志怪、志人小说，再经唐传奇、宋元话本的一路发展，从明代的拟话本到明清小说经典的瓜熟蒂落。文人在小说创作中的地位日益重要。所谓拟话本，其实就是文人模仿话本而撰写的小说。"文人独立撰写的小说，与根据说书艺人底本改编者最大的差别，莫过于后者重情节而前者求教诲。"① 那些创作出优秀小说作品的文人一般都具有较为深刻的文化修养和思想深度，渗透到血液里的儒家文化精神使他们时刻不忘"兼济天下"的使命。《西游记》在中国古典小说中已经是极具娱乐精神的一部了，小说中幽默生动的语言，跨越时空的想象、性格迥异的师徒组合，使世世代代的读者获得了无尽的阅读快乐。正如鲁迅分析的："承恩本善于滑稽，他讲妖怪的喜、怒、哀、乐，都近于人情，所以人都喜欢看！这是他的本领。而且叫人看了，无所容心，不像《三国演义》，见刘胜则喜，见曹胜则恨；因为《西游记》上所讲的都是妖怪，我们看了，但觉好玩，正所谓忘怀得失，独存鉴赏了——这也是他的本领。"② 但是在具体的阅读过程中，我们发现要真正做到"忘怀得失，独存鉴赏"并不容易。吴承恩一方面给大家提供了无尽的笑料，另一方面他的**批评锋芒**、他的悲悯心、他深刻的洞察、机敏的讽刺也是无法忽略的，这些都是出于一个文人的社会责任感和理性。鲁

---

① 陈平原：《中国散文小说史》，上海人民出版社2004年版，第295页。
② 鲁迅：《鲁迅选集》（第九卷），中国文史出版社2002年版，第215页。

迅先生认为本书主要是"出于作者志游戏",但同时也承认它"求放心之喻"的大旨。① 小说中架构的宗教思想、社会思想、心灵体系等,贯穿于故事系统之中,为作品增添了理性色彩。

5.2.2 影视作品的娱乐效果

影视作品具有强烈的时空假定性,也就在角色造型、色彩设计、场景设计、声音效果等方面带来了更大的娱乐空间。随着人们生活节奏的加快,观赏影视作品尤其是动漫和网络作品绝不仅仅是青少年的爱好,同样成为成年人情绪抒发、情感体验和追忆美好童年时光的一种途径。"娱乐儿童的节目如今同样也在娱乐成人。"② 相比较纸质小说而言,动漫影视作品给人带来的娱乐效果是全方位的,是视听的盛宴,也是感官的放松。

首先,人物变形带来的娱乐效果。在比较经典的《西游记》影视改编中,日版《西游记》中的唐僧一贯由女性演员扮演,柔弱有余,力量不足。澳大利亚版《新猴王传奇》中的唐僧虽然也是由女性扮演,显然更有拯救世界的勇气和力量。这些都明显带有娱乐化的效果。跟影视相比,动漫或网络作品不需要演员的参与,这就给角色的造型带来更大的变形空间。《西游记》中的孙悟空在域外的动漫中有着诸多的变形形象,

---

① 鲁迅:《鲁迅选集》(第九卷),中国文史出版社2002年版,第216页。
② [美]尼尔·波兹曼:《童年的消逝》,吴燕莛译,广西师范大学出版社2004年版,第185页。

既有手冢治虫设计的可爱的小熊形象，也有寺田克也手下怪兽般的可怖造型。在韩国版动漫《幻想西游记》中，孙悟空头戴飞行帽，手拿双截棍，脚踏超级滑板，又活脱脱一个时尚青年的形象。当然，不少动漫、网络作品中都出现过英俊少年造型的孙悟空形象，比如《最游记》中的悟空形象，气质飘逸，眼神凄冷，给人以夸张的美感……这个动漫设计取得了很好的视觉效果，对现代观众具有很大的吸引力。

其次，是特技或动画效果带来的娱乐性。除了影视作品中上天入地的神魔色彩处理，动漫或网络中常常出现各种冲击视觉的场景处理，三藏驾驶着汽车从悬崖上滚落，汽车经过屡次360度的碰撞变了形，三藏却安然无恙；人物可以自由地在摩天大楼林立的现代城市和充满鸟语花香的人间仙境间活动。这样或惊险或唯美的镜头运用在动漫及网络作品中无处不在。甚至小说叙事中表现的情绪、话语都可以用动画的方式形象地表现，就好像"愤怒"一词，动漫可以将它处理成真的是眼睛里喷出的燃烧火焰，这时，抽象的形容词有了形象的体现。表示生气时头上冒出的白烟、害羞时心脏的砰砰跳动，甚至连喊叫时空气的震荡波也看得见……用动画的方式将抽象名词视觉化，进一步拉近了与观众的距离，显示出独特的亲和力和娱乐效果。

最后，声音效果带来的听觉上的享受。动画版的《西游记》常常以现代流行音乐推进情节、抒发情感和展示环境。例如，日本动画《西游记》第一集中，女三藏与悟空的第一次相见就是以激烈的摇滚乐作为音乐背景，适当烘托出两位主人公的对立情绪。《最游记》中三藏、悟空、八戒、悟净四人第一次相遇的那个雨夜，以快节奏的打击乐为衬托，预示了事态的紧急和人物各自的急切心情。可以说，现代音乐元素很好地衬托出了动画版《西游记》的现代情节，与变异后的人物形象相契合，给人以听觉上的极大享受。

5.3 文化本原的销蚀

《西游记》跨文化影视改编的过程，激活了名著中的一些人物形象和元素，通过娱乐化的方式，使《西游记》更快地走向大众，走向世界。另一方面，文学经典的精神和意义也在一点一点地销蚀。这里的销蚀，要么是对文本意义的悬而不论，要么是对文本意义的反叛，甚至反其道而行之。这和后现代视觉文化挑战权威、叛逆深度意义模式的总体特征相适应。正如有些学者指出的："我们既可以说波德里亚的仿像四步骤揭示了图像与客观世界逐步脱离的事实，如果换一种思维，也可以说是电子媒体背离语言文化系统的过程。它不仅以感性、直观性取代了理性、间接性，更重要的是它在制造仿像的过程中逐步游离了表示意义的所指，提供了一种开放式的能指的自由游戏，……因此，与语言文化相比，这种文化策略从意义生成的内部消灭了意义本身，确实是任何一种社会都没有尝试过的一种文化模式"。① 这一论断深刻地指出了动漫、网络视觉文化对文本经典意义的消解。

对原著《西游记》的销蚀方式之一是搁置,即把原著的意义搁置起来。原著《西游记》主要是讲述师徒四人的执着进取精神,文本崇尚智慧力量与奋斗精神,崇尚邪不压正,是带有儒释道正统思想和反映社会现实图景的小说。然而,在日本动漫或动画的改编中,由于日本人对中国文化的不同理解、后现代文化和动漫特点的加入,《西游记》呈现了不同的风格。比如师徒四人的"仁慈、仁义"变为"无奈、冷漠";"邪不压正"成为"邪正并存";"儒释道"转变成为"武士道"等等。较有代表性的是日本寺田克也的漫画《大猿王》,作品充满了对《西游记》原著的反叛意味。从寺田克也的绘画色彩和风格来说,或是深沉的黑色与灰色构成的灰暗世界,或是大红与墨绿构成的冷暖色调对比强烈的浓艳世界。总体上说,其画面的主题色调偏暗,蕴含着一种内在的"力"正从黑暗中积聚能量的沉默感,似乎随时都有爆发的可能,充满反叛的力量。从人物形象上说,《大猿王》中的孙悟空一反传统《西游记》里的英雄形象,他样子狰狞凶狠,性格暴躁、阴鸷,杀人手段残忍,充满了仇恨和凶残。可以说,完全颠覆了其老少兼爱的除暴安良性格。总体上说,《大猿王》里的孙悟空可以说

---

① 尤游、戴元光:《影视文化社会身份刍议》,载《上海大学学报》(社会科学版),2005年第1期,第65页。

是迄今所有作品里最违背原著形象的猴子，已经完全被还原成一个妖怪形象，有着浑身的阴郁和野性。大猿王的形象与原著中孙悟空自我超越的佛性、嫉恶如仇的善性形成鲜明的对照。

　　销蚀的方式之二是反讽。反讽的消解手法往往是将《西游记》中的主旨意义进行颠倒处理，让人在忍俊不禁后陷入严肃的思考。在一个网络版流传的日本flash版《西游记》中①，猪八戒俨然已经去世，剩下的唐僧、悟空、沙僧师徒三人为了抢夺去天竺的优先权，展开百米赛跑，唐僧说些冠冕堂皇的话，然而内心却无比自私，随时准备抢先一步。师徒三人各有伎俩，正在奋力冲向终点之时，猪八戒不知从哪里冒出来抢先一步到达终点。这个网络版《西游记》，不仅消解了《西游记》中表现的人必须经历千难万险才能最终达到完美的历险精神，也消解了《西游记》中取经最终赖以成功的团队精神，而是反映了人性自私，各自为政，一盘散沙的一面。

　　再者是把《西游记》名著当成一种商业宣传策略。即借用古典小说名著的艺术魅力和影响力提升自己的知名度，达到商业宣传的目的。在2008年奥运会期间，英国广播公司（BBC）推出一款以《西游记》为蓝本的奥运宣传片——《东游记》。

---

① 日本网络版《西游记》：http://you.video.sina.com.cn/b/13871712-1390971460.html。（访问时间：2008年2月7日）

这部动漫宣传片长约 2 分钟，开场伴随着极富中国韵味的背景音乐，孙悟空在观音的指引点化下，坐上筋斗云，前往东方鸟巢取经。一路上先后结识了猪八戒和沙僧，兄弟三人生死与共，凭借铅球、跨栏、撑杆跳、单杠、游泳等体育特长和中国功夫，打败其他怪兽，最后抵达目的地——"鸟巢"，点燃了熊熊火炬。BBC 在几乎所有的主流频道中播出了这个宣传片，还被投放到广播、电视、互联网及手机等各种平台上。或者是通过《西游记》的名著效应来表现本民族的文化并增加收视率。《西游记》在东南亚有着广泛的吸引力，三藏、悟空、八戒、沙僧的形象及其为了目标历尽艰辛的奋斗精神也深入人心。日本的漫画《最游记》由日本知名漫画家峰仓和也根据《西游记》改编而成，火爆了几十年。虽然说《最游记》的故事是参考了中国四大名著之一的《西游记》而写的，但《最游记》的故事背景、内容与《西游记》是完全两回事。《最游记》在内容上带有日本文化特色，师徒四个人是个团队，非常平等，没有我们所谓的师徒辈分。情节发展中有很多细节表现日本"温情"化的一面，包括日本"幽玄"、"物哀"的审美倾向。就连人物的性格特点、造型也是很不相同的。多年来，《最游记》得到了很高的市场认可，也在动漫、游戏、舞台剧以及周边产品等广泛市场上获得了空前的成功。

可见，《西游记》在通过动漫、网络走向世界的过程中，走出去的是《西游记》的个别文化符号，比如孙悟空的形象，比如三藏、悟空、八戒、沙僧取经的团队组合，销蚀的却是我们的文化传统和文化精神。文化传统是一个民族的精神家园，也是一个民族区别于其他民族的精神特质。有些改编作品趣味低俗，哗众取宠，糟蹋经典，应该坚决抵制。在全球化的今天，我们不可能独立地存在，文化和传统伴随着经济和娱乐一同快速走入他国民众视野，保护本国文化更好的方式是主动推出本国的文化作品，主动融入世界文化的大海，而主动融入的过程，才是中华文化独一无二的价值观念和文化精神走向世界的过程。

6 从《西游记》看中国古典名著海外影像传播的路径

从经济政治的稳定发展,到文化的繁荣,是必然的过程。中华民族处在重要的复兴时代已经成为共识。振兴中华文化是这一背景下的自然选择。沿着全球化的潮流,我们应该看到,不主动参与世界传播的中华文化不会是真正繁荣的,在开放、传承的同时参与国际文化市场竞争,是中华文化世界传播的时代要求。

《西游记》是中国古典文学中一部十分独特的作品,无论从范围、形式来看,还是从影响力来看,《西游记》都在中国古代文化的域外传播中独树一帜,不仅海外传播时间早,译本多,影响大,在影视、动漫传播方面也表现出较强的活力和领先的态势。但即便这样,目前《西游记》的域外传播的版本大多不是由中国人自己推出的。这直接导致《西游记》在跨文化传播的过程中,尤其是影视作品改编的传播过程中,走过了一个环形的旅程，即来自中国的素材和资源，经过异质文化的加工和改编，很自然地带有了不同的价值观念和文化，最终这个带有他国价值观和文化观的影视作品，又被投放到中国市场。一方面，我们花钱消费本属于我们的文化资源，另一方面，我们也要承受不同文化对我们文化的误读和误解。甚至在跨文化的交流过程中，他国的着眼点很自然是他国中心主义，结果又导致他国眼中的中国不是一种历史存在的中国，而是他国的一种文化构想物和创造物。

爱德华·W. 赛义德曾经有过一个重要的描述叫"理论旅行"，"相似的人和批评流派、观念和理论从这个人向那个人、从一个情境向另一情境、从此时向彼时旅行。文化和知识生活经常从这种观念流通中得到养分，而且往往因此得以维系……"①这是赛义德那篇标志性的文章中的一个部分。赛义德认为，任何理论或观念的旅行过程都包含四个阶段。"首先，有一个起点。第二，有一段得以穿行的距离。第三，有一些条件，不妨称之接纳条件或作为接纳所不可避免之一部分的抵制条件。第四，完全或部分地被容纳或吸收的观念因其在新时空的新位置和新用法而受到一定程度的改造。"②赛义德强调了理论和观念在不同时空移植、转移、流通的过程中发生改造或变

---

① [美] 爱德华·W. 赛义德：《理论旅行》，见《赛义德自选集》，谢少波、韩刚等译，中国社会科学出版社1999年版，第138页。

② 同上。

异的合法性。也就是说，由于人们的信仰、态度和价值观不同，对于外来信息的处理也就不同。不同的文化会造成不同的信仰、态度和价值观。"在同一文化范畴内，人与人沟通时本来就会发生正常的误解；当人们跨越文化产生互动的时候，尤其是试图跨越那些价值体系差异较大的文化时，这种正常的误解就会被夸大。"① 在现实生活中，我们也常常看到这样的例子。元代纪君祥的《赵氏孤儿》是一部著名的悲剧，王国维在《宋元戏曲考》中认为《赵氏孤儿》是一部世界性的大悲剧。② 法国的伏尔泰曾经改编过《中国孤儿》，但是，伏氏版《中国孤儿》在立意和主题上与中国传统的《赵氏孤儿》有所不同，我们的主题是义气和报仇，他的主题是人性的超越与谅解。伏尔泰是从他的法国文化背景和人性的角度谅解了过去的冤仇。无独有偶，2003 年人艺版《赵氏孤儿》的导演林兆华毫不讳言他对伏尔泰《中国孤儿》的敬仰和对中国传统的《赵氏孤儿》的批判。而在由他导演的这部话剧中，也删改了传统的复仇，甚至也不再表现忠奸的斗争。这一切都似乎意味着新编的《赵氏孤儿》对传统的背叛及对外来文本的认同。当我们注意到《赵氏孤儿》这一故事的跨文化环形旅行的时候，就是要说明在不同

---

① 吴予敏：《跨文化传播的研究领域与现实关切》，载《深圳大学学报》（人文社会科学版），2000 年第 1 期，第 76 页。

② 王国维：《宋元戏曲考》，见《王国维遗书》（九），上海古籍出版社 1983 年版，第 641 页。

的文化语境下这一文本意义的不同变迁、不同建构和不同的编织。从这个意义上讲，有多少次对《赵氏孤儿》这个剧本的改编，就有多少次对这一文本意义的重新建构。①

可见，对于同一文本，不同的读者会有不同的理解和解释，这是一种不可避免的现象。在这个过程中，文化价值观念发生变异也在所难免。然而，在全球化的背景下，文化不再是虚无缥缈的纯精神力量。随着各国经济领域合作的日渐深入，也随着文化软实力作用的日渐凸显，各国之间的文化竞争日趋激烈，因为文化价值观的认同往往给经济领域带来意想不到的附带效应。"经济利益的获取需要文化价值观念的支撑，而在全球化中如何按照不同国家的意志安排其秩序，也需要文化与价值观加以维护。"文化利益的矛盾随着国际竞争的深化而加剧，这正是"经济全球化不仅没有牵出全球化的同质文化，反而对文化民族性与世界性紧张关系有所激发"②的原因。在对各自国家利益的追逐中，各国文化领域的争锋与合作也从后台走上了前台，从次要方面变成了主要方面。有关国家纷纷把文化作为有决定作用的"软实力"，或者推出"文化立国"战略，把制定与实施更具主动性的文化推广策略作为国家全球战略的重要

---

① 李庆本:《跨文化研究的三维模式》，载《文史哲》，2009年第3期，第90—92页

② 宋士昌、李荣海:《全球化：利益矛盾展示过程》，载《哲学研究》，2001年第1期，第13页。

组成部分。

　　随着这种趋势的日渐显化，文化交流的形式、目的、层次更加复杂，文化博弈①的现象开始出现并趋向激烈。一般认为，博弈论最初是作为数学的一个分支，由美国数学家冯·诺伊曼和经济学家摩根斯坦恩合作的《博弈论和经济行为》一书中首先提出，他们主要讨论经济领域中的合作博弈与合作均衡现象。也就是说，博弈论发端于经济学，后来在其他社会科学领域被广泛引用。文化博弈是人类社会发展到一定阶段，文化生活成为人们主要的生活方式之一后产生的结果。文化作为人类社会的附属产品，原则上只要有人类的交流活动，就会伴随有文化的互动和碰撞，就会有自我和他者的不同身份。文化博弈的背后事实上是价值观的碰撞，价值观念是文化的核心，文化的碰撞其本质就是价值观的交锋。比如中国文化以儒家思想为主体，融入道家、佛家等观念，致力于对现实人类社会的研究，主张天人和谐，强调群体认同，倡导中庸和平，重视文化传承，是一种成熟的伦理文化。而美国文化植根于古希腊古罗马的文化土壤之中，人与自然的二元对立、科学精神、个体本位、契约意识、崇力尚争以及求变务新构成其基本特征。在全球化的时代，文化价值观的强势意味着在综合国力的竞争中比较容易占领优势地位。"也许，全球化给文化带来的最严重问题在于一

---

　　① 所谓博弈，是指在一定的约束条件下，参与人同时或先后，一次或多次，从各自允许选择的行为或策略中进行选择并加以实施的决策互动过程。

些文化和价值观比另一些文化和价值观更能适应全球化的进程，由此极大地加深了国与国之间、文化与文化之间的不平衡。"① 因此，不可能不关注博弈过程中的价值观的改造与反改造。文化博弈最外在的表现是加强文化产品的对外输出。文化产品不仅具有低能耗、高附加值的特点，而且，文化产品的输出有助于传播一个国家的文化理念，树立一个国家的正面国际形象。此外，由于文化的亲近感和认同感，文化产品还会形成一定的整合或辐射效应，带动一个国家非文化产品的出口贸易。

从上文《西游记》跨文化传播的情况我们可以看出，虽然中华文化是世界几大原生文化形态之一，有着上下五千年的历史传承和丰富的文化资源，但是，中华文化在现代文化博弈中对自身文化资源的利用和开发能力不强。近年来不断受到外来文化不同程度的异化、冲击和影响。在市场经济高度发达的今天，西方国家已经尽可能将一切精神产品都市场化和商品化，他们的文化战略重点是："充分利用市场力量来传播其自由民主思想和价值观念，力求使之成为加强接触、灌输思想、移植观念的主要渠道。"② 一些学者已经提出"如何看待保护国家历史文化遗产与现实国际社会文化竞争的关系，需要认真研

---

① ［西班牙］圭拉姆·德拉德赫萨：《全球化博弈》，董凌云译，北京大学出版社2009年版，第132页。
② 俞新天主编：《国际关系中的文化：类型、作用和命运》，上海社会科学院出版社2005年版，第48页。

究"①。在全球文化大博弈的进程中，我们必须强壮自己，面对竞争。参加文化博弈的最好方式加强对文化资源的利用和开放能力，增强我们的文化产品在国际市场上的博弈能力。

6.1 传承原著，保持民族文化精髓

在《西游记》的跨文化影像改编过程中，虽然其价值观念会随着传播国的价值观念而发生变化，但所有的改编作品或多或少都保留着原著部分内容，而这部分内容恰恰是原著中最能反映人类共同主题的部分。就《西游记》而言，带有东方特色的中国神魔色彩故事没有变，《西游记》所反映的人类共同主题没有变，比如人必须要经过千难万险才能获得最后的圆满和成功，人类向往自由、逃脱束缚的本能等。放在21世纪的纬度中，《西游记》内容蕴含的自我超越、团队精神等现代意蕴不仅没有变，一定程度上来说，还得到了进一步的张扬。因此，我国的文化作品如果要成功地进行跨文化传播，要能够保持原著的文化精神。

《西游记》影像在走向世界的过程中，走出去的往往是个别文化符号，比如孙悟空的形象，比如三藏、悟空、八戒、沙僧取经的团队组合，销蚀的却是我们的文化传统和文化精神。文化传统是一个民族的精神家园，也是一个民族区别与其他民

---

① 朱虹：《国际关系中的民族文化》，中国商务出版社2008年版，第83页。

族的精神特质。传统的继承是社会延续的方式之一，在对传统的继承过程中，传统文化中的代表性事物会随之延续下来，并且成为一个民族的精神财富。中华民族有着上下五千年的历史，多民族组合的特点，这使得中华文化传统呈现出丰厚的历史底蕴和兼容并蓄的文化表征。"中国文化的发展并不限于中国本土，它还扩散到东亚各国，如日本、朝鲜、越南等。形成中国文化圈或东亚文化圈。从公元前4世纪到19世纪中叶，中国一直是这个文化圈的中心。"① 这也是中华文化为什么影响深远并逐步在世界多元文化格局中发挥越来越重要作用的原因。《西游记》正是产生于中华民族的深厚文化土壤、汲取了传统文化的珍贵养分而成长起来的艺术之树。它产生于传统文化，又是传统文化的重要载体。《西游记》虽然充满了夸张的想象和奇幻的描写，但作者的奇幻想象立足于唐朝这样一个具体的历史背景下，主人公唐三藏确有其人，情节主线"西天取经"确有其事。而奇幻夸张背后所体现的宗教道德、伦理取向、人情事态、都是立足于中国古代社会现实，文中所涉及的天庭、地域、人君、阎王，都是对当时社会文化的生动书写。

当《西游记》以各种形式传到域外时，中国社会的文化精神会发生变异。因为一种文化吸收外来文化时，都是根据需要经过选择和改造的。正如有的学者指出："我们在研究接受美

---

① 张岱年、程宜山：《中国文化论争》，中国人民大学出版社2006年版，第194页。

学的时候,会讲到'接受视阈'和'前理解'的问题。任何人在接受外来文化的时候,都会基于他/她的本土文化的前理解。"① 同样,一个民族接受外来文化时,也是从自己文化的视角进行审视的,不同文化背景的人们会以自己的方式阐释对《西游记》的理解。比如日本版的《西游记》,虽然讲的是《西游记》故事,但文化精神是日本的,依然强调日本人几乎永远离不开的主题:意志和团结——个人意志决定胜负,群体团结决定成败。尤其当动漫和网络盛行在以市场为主导的消费社会中时,物欲的满足和感官的享受成为生活中重要的价值取向。文化是一种艺术,但更是一种消费品,当艺术遭遇消费品时,其蕴含的文化观念也容易被摒弃或颠覆。博德里亚在《消费社会》一书中,引用马克思的观点指出:"有时,同样的事在历史中会发生两次:第一次,它们具有真实的历史意义,第二次,它们的意义则只在于一种夸张可笑的追忆、滑稽怪诞的变形——依赖某种传说性参照存在。因而文化消费可以被定义为那种夸张可笑的复兴、那种对已经不复存在之事物——对已被消费事物进行滑稽追忆的时间和场所。"②

　　日本的《猴王五九远征记》是继《最游记》后另一部引起

---

① 李庆本:《中华文化的跨文化阐释与传播》,载《人民日报》,2008年6月19日。

② [法]让·波德里亚:《消费社会》,刘成富、全志则译,南京大学出版社2001年版,第99页。

轰动的《西游记》类动漫作品。两部动漫作品的特点相同,除了三藏、悟空、八戒和悟净等名字相同,剧情与造型则完全颠覆童年的记忆,令人啼笑皆非。这里有高科技的机器人少女,有毁灭性的电子病毒,有现代性的赌城,也有古典性的比武大赛。这里有着异国的文化情调,也有现代消费文化的诸多要素,唯独没有中国文化的历史背景和人文精神,以及在这个特定的文化背景中发生的人情世态与鲜活故事。通过动漫或网络的方式,《西游记》以其特有的魅力通过各种渠道被吸纳到世界文化消费的进程中,只是它不再是以包含着深厚中国人文色彩与教诲意义的文学名著的身份参与,它基于中国社会的深刻的现实性、严肃的教育性、机敏的批判性都在域外动漫和游戏的现代演绎中缺失,保留的只是《西游记》作为名著的符号,表现的是现代性的故事或是异域化的内容,中国文化的实质内容遭到抛弃,这是我们在为《西游记》走向世界而欣喜的同时不得不面对的无奈现实。

传承原著精神要深入研究我们的传统文化。要有深入解读的态度和视野的广阔度。一段时期以来,我们在向西方学习的过程中陷入"邯郸学步"的困窘状态,西化的东西并不能完全为我们所用,而自己固有的传统的精华反而在走向"失语"。对民族文化资源利用程度不够,并非是我们没有意识到民族文化的重要,而是我们缺乏对民族文化的创新能力。对传统文化的"不求甚解"正成为制约我们发展的瓶颈。在这方面,日本人严谨的探究精神也许值得我们学习,日本的文化之所以能在世界范围内取材,这也得益于日本社会的两个特点,一是资源的危机感,日本作为一个岛国,幅员和资源都相对有限,这种危机感使日本民族时时保持着旺盛的求知欲,日本的翻译、出版业非常发达,其他国家的新书出版没多久即可在日本的书架上找到日文版。日本人学术思维比较严谨,那种必须言之有据的治学态度使日本人即使对着一个小问题也会较真。① 近年来,日本文化产业在发展的过程中借用了很多世界性的资源,借用他国的资源往往有着因为把握不好文化的神韵而导致文化产业失败的风险。日本正是依仗他们严谨的考证传统和凡事认真踏实的作风化解了这一风险。日本已经开始开采世界范围内的文化资源,而我们的文化产业还处在"抱着金碗要饭吃"的状态。

传承原著精神要克服急功近利的作风。美国大片、日本及韩国动漫抢占国内文化市场的强劲趋势,国内文化受众市场逐渐流失的严酷现实,确实给我国文化产业带来了巨大的压力。但是化解压力的办法往往是"头痛治头,脚痛治脚"。随着国家对文化产业的日渐重视和政策的倾斜,国内文化产业想要迎头赶上国外甚至尽快超越的激情使之走上了一条从形式上跟风、模仿的道路。这在电视节目和动漫产业界表现得最为明显。美国传媒信奉"内容为王",电视充斥着五花八门的"真人秀",

---

① 徐渭:《关于日本动漫的一种文化考察》,载《日本学刊》,2006年第5期,第133—134页。

如"家庭秀"偷拍这个家庭成员如何相处,有什么私密;"出租车秀",看上车的妓女、吸毒贩如何交易;还有"混蛋秀"看人怎样搞恶作剧等。① 这些大都被我们克隆过来了,一时间也成了"一窝蜂",只是表现逐渐低俗化。如今广电管理部门已意识到问题的严重性,采取了"限播"管理,并鼓励走自我创新的道路。动漫产业也存在类似的情况。为了争取逐渐流失的国内文化受众市场,国产动漫开始寻求一些急功近利的途径来争取尽快繁荣的可能性,而模仿在国外市场大受欢迎的国外动漫作品成为最简单易行的方法,许多中国动漫无论是人物形象还是性格塑造,包括一些场景设置都呈现模仿之风。无形中本国本民族中的优秀文化元素被遗忘,而这些模仿痕迹浓重的动漫作品终究因其"有外形无神韵"而招致诸多非议,难以在模仿中实现突破而真正超越模仿对象。令人惭愧的是,许多日本动漫家在其作品中对中国传统文化资源的利用,无论是读解的深刻性、理解态度的真诚、视野的广阔还是"旧瓶装新酒"改造中国传统经典的幅度,都远远超越当前中国动漫业。

可见,中国文化产业要在未来的全球博弈中占据一席之地,并没有捷径可走,必须有一批人沉下心来,扎扎实实加强对传统文化的深入挖掘。各种形式上的技巧是容易借鉴的,但唯有对本国传统文化的理解与领悟,这是其他国家文化产业的创作

---

① 中共中央宣传部干部局、中共中央宣传部文化体制改革和发展办公室编:《透视美国文化产业》,广东人民出版社2008年版,第133页。

者不可能与之相比的。中国有如此深厚的文化积淀，这是中国文化产业一笔无尽的财富。中国的文化产业要有"不甘寂寞，却又耐得住寂寞"的精神，深入挖掘传统文化的资源，才会在世界范围内呈现真正属于自己的辉煌。事实上，虽然各国文化思维方式和接受特征迥异，但是各种价值观念千变万化，还是离不开人类共同的文化基础和精神寄托，这些，恰恰是我们的民族特色得以寄托和张扬的平台。我们的文化如果能成功地进行跨文化传播，必须广泛吸纳各国文化价值的特点。中华文化在历史上曾经吸纳过来自域外的佛教文化等，也因为其海纳百川的胸怀而勃发出独特的生机，成为世界上唯一从未中断、绵延古今的文化类型。

6.2 开放心态，尊重共同文化需求

我国魏晋南北朝及唐代的"旧题乐府"[①]，这些诗歌的特点是虽沿用了汉乐府的题目，但写的内容是新的，即"用旧瓶装新酒"。《西游记》名著是"旧瓶"，追寻作品新的意义则是"新酒"。无论是对原著的借用，还是对新的意义的追求，都会

---

① 在魏晋南北朝及唐代，汉乐府的发展衍变形成两种主要的形式。一种是文人模拟汉乐府创作的"古题乐府"（也叫"旧题乐府"），它借用"汉乐府"的题目，写新时代的内容，即"旧瓶装新酒"。如曹操的《步出夏门行》、杨炯的《从军行》、李贺的《雁门太守行》、李白的《蜀道难》《将进酒》等。这些诗歌的特点是虽沿用了汉乐府的题目，但写的内容是新的，不过与原题有一定的联系，如"从军行"与军队军事有关，"雁门太守行"与边塞有关。

在现代社会产生一定的效应。

要在全球化背景下的文化博弈中有所收获,"参与"是首要的条件。没有参与,谈不上博弈,更加谈不上在博弈的过程中分取利益。不能开放观念,全身装在套子里参与全球博弈显然也是行不通的,被一贯视为精粹的东西稍一改动,便不能接受,觉得我们被"恶搞"了,中国文化完了,忘本忘祖宗了,这种态度也不符合当下时代的要求。回观历史长河,试想中国传统文化何曾停止过改变,又何曾停止过与外来文化的交融?在这一点上来说,"开放"二字,是中华文化世界传播以及参与世界文化博弈的应有之意。

当然,承认相同的文化圈具有更多的文化价值观上的相通性,不等于说《西游记》在西方文化圈的变异就与原著具有相异性,相反,《西游记》在西方文化圈很受欢迎。这一方面是因为西欧文化圈对外来文化有着更高的接纳性。有研究者对40个国家的不确定性规避价值观进行了考察,相比较日本4分的不确定性规避价值观,美国的不确定性规避价值观高达32(低分表明这个国家或地区不喜欢不确定性;高分表明能够容忍不确定性)。研究还表明,瑞典、丹麦、爱尔兰、芬兰等都同美国一样,属于不确定性规避价值观分数高的国家。这些国家的人比较容易接受生活中的不确定性,对外来他物的容忍性更强。[①] 另一

[①] [美]拉里·A. 萨默瓦、理查德·E. 波特:《跨文化传播》,闵惠泉等译,中国人民大学出版社2004年版,第77页。

方面是因为《西游记》中对个人奋斗精神的肯定，对终极价值的不懈追求等价值因素在西方世界能激起较强共鸣，同时体现一定现实意义，其东方背景的神魔色彩，也迎合了现代人对神魔小说的审美需求与期待等。

　　一部作品的内容固然早已成形，但其意义并不是一成不变的。不同时代不同文化背景的读者可以在接受的过程中以自己的方式对它进行重新阐释，一个重要的原因便是其内容蕴含着一定的可开放性。一部文学作品的内容具有可开放性，一方面因为它保持并散发着具有本土特色和民族色彩的魅力，另一方面它又能够为不同文化背景的人们所理解和接受，能够满足人类某种共同的文化期待或现实需求。在异域传播中，由于要跨越异质文化的差异，面向更远距离的受众，尤其要求作品内容具有一定的可开放性。就《西游记》而言，其内容的可开放性不仅体现在故事本身的神魔色彩中，还体现在它反映的人类共同主题中，比如历险式结构，人类对精神价值的终极追求等。放在21世纪的维度中，《西游记》内容还蕴含着克服困难、挑战极限等现代意蕴。美国电影因为考虑商业收益，"好莱坞在翻拍他国电影时，必然要选择那些动作性强，较少文化差异，便于全球观众理解与接受的作品。"[①] 美国对花木兰故事的改造提供了另一个佐证。中国的花木兰在全球化的视野中也有不小

---

　　① 汪献平、王平：《对亚洲电影的翻拍与好莱坞的全球战略》，载《电影艺术》，2007年第4期，第105页。

的变化。在大多数中国人看来，木兰从军是为了尽孝；但在好莱坞影片《花木兰》中，木兰不只是一个对父亲充满爱的孝女，更是一个张扬个性自觉的女英雄形象。迪士尼公司借助中国南北朝时期的《木兰诗》在全球赢得3亿美元的利润和如潮的赞誉，原因之一是他们没有将木兰形象局限在中国的南北朝时期，而是保持了木兰形象的时空开放性。

《西游记》作为一种文化资源被域外人士传播，虽然在改编的作品中我国文化精神有所失落，但是客观上在世界范围内激活了《西游记》的文化元素，促进了世界文化的交流。新媒介的广泛使用要求我们对原著的传播保持开放心态。"媒介是促进产生新文化形式的重要力量"。[①] 在《西游记》题材被域外影视改编，特别是动漫和网络化之前，《西游记》的传播始终处于一种自足状态，就像明清时期的传播状态，虽然版本多，传播广，但文本内容基本保持稳定。当《西游记》以一种新鲜的面孔重新展现于受众面前时，在这个充满图像和视听享受的时代，语言文字开始失去它一贯的精英地位。动漫《西游记》中，各种各样的数字技术使人们能够逼真地体验语言所塑造的抽象场景，精美绝伦的画面、瞬息万变的穿越、恰到好处的音乐感染力、各种直达感官的震撼效果，都紧紧地攫取人们的目光。人们逐渐习惯"读图"，而不再是一本小说、一杯清茶的

---

① [美] 梅尔文·L. 德弗勒、[美] 埃弗雷特·E. 丹尼斯：《大众传播通论》，颜建军、王怡红、张跃宏、刘迺文译，华夏出版社1989年版，第368页。

静思与默想。也就是说,古典小说的传统阅读模式已经不能完全适应现代人的生活和休闲方式。新的媒介方式打破了《西游记》和现代大众的距离,以其亲切感和读图的快感代替了小说作品的生疏感。如果说小说的阅读是独自品味和精神的享受,那么影视、动漫、电子游戏的观看和参与就是一种感官的享受与身心的参与。显然,与小说相比,后者更为生活化,更有亲切感。当然,《西游记》在通过影像改编走向世界的过程中,虽然存在文化精髓的误读及意义平面化等问题,但是名著中的中国元素、人物形象等也在世界各地播下了种子。文化交流存在冲突和误读,如果保持开放的心态,文化交流也能同时推进文化理解和分享。尤其在全球化的今天,孤立别人就是孤立自己已经是一个清晰的事实。"文化是在互相交往中发展的。人们无法在一个划定的、相对封闭的空间中指定要发展某种文化……其实任何民族的所谓本土文化都不可能在一个完全封闭的环境中生长。相反,它恰恰是在相对开放的环境中存活的,是在这一民族的各个组成部分或者各个部落之间的不断交流中产生和发展起来的。一成不变、与世隔绝的文化是难以存活的。"① 一方面,我们不可能脱离世界文化的渗透或融合而孤立地存在着,另一方面,我们也不可能再以传统的媒介方式来传播我们的文化,尤其是我们的古典小说。我们必须打破静思与

---

① 杨芳芳:《试论跨文化传播与民族文化的关系》,载《湖北大学学报》(哲学社会科学版),2006年第4期,第525页。

默想的阅读模式，用新的媒介形式去推出我们的文化。为了适应新媒介良好的参与性与高度的互动性特征，我们有必要对我们的文化资源进行挖掘与重塑，而重塑文化资源的目的，恰恰是为了保持我们的文化精神。

在全球文化产业蓬勃发展的今天，文化俨然也是一种生产力。发达国家对全球文化资源的开采和利用大有蔓延之态。2006年，国家广电总局批准日本版电影《西游记》进入我国境内拍摄。报道很快在网络上引起关注，在新浪网上的数百条评论中，不少人表示不同意，有本能的担心，认为他国的编者没有办法真正理解我国的文化经典，有糟蹋经典的可能性。也有一些学者认为应该持开放的心态，"《西游记》作为中国传统经典，不可能因为别国的文化参与而丧失'文化产权'，更不应理解为糟蹋经典……对经典来说，其所代表的文化基调可能与当地文化传统具有内在一致性，但在具体阐释上，任何人、任何民族都可以有着不同的理解与表述。"[1]事实上，我们拍摄其他国家的经典文本，或者其他国家对我们的经典进行文化解释，都是一种文化交流。在人类的历史上，历来阻挡不了文化交流的步伐。以儒家文化为主的中国传统文化具有很强的包容性，曾经大度地接纳过佛教文化，承认它的价值并继续给予它发展的空间。所以，与其阻挡文化交流的步伐，不如我们以更积极

---

[1] 魏英杰：《以开放胸怀欢迎日本来拍〈西游记〉》，http://news.sohu.com/20061117/n246457057.shtml。（访问时间：2006年11月17日）

和开放的心态吸收新的东西,对我们的文化资源进行重塑,进一步开放我们的内容,创作出既有我们民族文化特色,又能为世界人们所喜闻乐见的文化内容。人类文化是一个大整体,任何民族的文化和历史都是在文化传播的过程中形成的,而一个民族文化的自我更新也必须要在文化交流和传播的过程中完成。"中国历史上的跨文化和不同文化的融合与交流的状况表明,首先,中国本土文化具有强大的生命力和凝聚力,它不容易被外来文化吃掉或消灭。相反,由于拥有强大无比的包容力,外来的文化反而最终被中国本土文化逐渐将其纳入到自己的体系和框架之内,使之逐渐同化。发生遗传变异,适应本土的文化大气候。"① 这也是为什么中国文化能成为世界几大原生文化之一,而且是唯一从未中断、绵延古今的文化类型的原因之一。

中国文化产品也有过曾经的辉煌,中国动画始祖万籁鸣兄弟制作的动画片《铁扇公主》,在日本播放期间曾经深深吸引了日本的手冢治虫,手冢治虫正是从中受到启发,才将动漫作为自己的终生职业并最终成长为日本动漫界的泰斗。因此,才有了后来的《铁臂阿童木》《森林大帝》等伴随一代人成长的经典动画片。《铁扇公主》的成功一方面是对民族特性的挖掘与表现。另一方面是对人类普遍追寻的孙悟空的英雄主义等特色的挖掘。同样,日本虽然是世界上的文化大国,但成就其文

---

① 尹韵公:《谁在对谁行为——跨文化传播的思考》,载《传媒观察》,2005年第3期,第24页。

化大业的并不是最具日本民族特色的歌舞剧,而是兼顾世界口味的动漫产业。可见,文化产品不仅要找到属于自己的独特个性,同时要有包容全球的开放视域才能真正赢得观众和尊重。我国文化产品的对外传播也不能一厢情愿地专注于将本民族文化输出这一个环节,例如,并非只因为京剧是我们的国粹,就大量宣传并推广京剧,而是要寻求跨文化的认同感,将本民族文化以更加容易接受的方式传播到他国。《西游记》曾经以歌剧的形式在英国传播,2007年在英国首届曼彻斯特国际艺术节开幕式上,著名华裔导演陈士争执导的现代歌剧《猴子:西游记》作为开幕大戏登上英伦舞台。陈士争将中国杂技、功夫、舞台剧、数码动画等多种艺术元素融为一体,他邀请了英国流行摇滚乐坛顶级鬼才达蒙·阿尔本作曲,以及英国著名漫画家吉米·何力特担任舞美和形象设计,他们为古老的《西游记》吹来了一股前卫风潮。最终,来自中国的"齐天大圣"以经典与现代、东方与西方、视觉与听觉的较好结合获得媒体广泛好评。[①] 可见,要力求让文化产品表达和传递人类共有的情感,激起大众的共鸣。追求共同的文化需求往往能使文化产品打破空间和时间的局限,在不同国家、不同地域传播时,避免或减少异域文化对它传播力度的阻碍。反之,就会加剧跨文化传播

---

① 《陈士争歌剧〈西游记〉英国大受好评,"齐天大圣"震撼曼城》,载《新闻午报》,2007年7月3日。

过程中出现的"文化折扣"① 现象。"文化折扣"是文化作为一种产品区别于其他一般商品的主要特征之一。就像中国著名的茅台酒，到了西方就喝不出同样的味道和气氛，不同的语言、思维习惯、民族传统等都可以导致文化折扣的产生。不同类型的文化产品所产生的文化折扣也不一样。任何文化产品的内容都源自于某种文化，同样的文化产品，它对于那些生活在此文化圈之中并熟悉该文化的受众有着很强的吸引力，而对那些不了解、不接纳此种文化的受众的吸引力则大大降低。由于文化差异和文化认知程度的不同，受众在接受不熟悉的文化产品时，其兴趣、理解能力等方面都会大打折扣。这就是所谓的"文化折扣"。② 一般来说，来自国外的陌生的艺术，最起码在刚开始的时候，都会遇到"文化折扣"。此时，人们还没有像对待本国艺术那样建立起对外国艺术的消费习惯，由于大家都不了解这种来自国外的艺术，相应的消费市场也有待于发展、培育。正如著名导演张纪中所说，"《三国演义》进不了欧美市场，欧美人很难理解其中的人物，但在日韩很好，不过《西游记》欧美就会喜欢，目前已经有海外机构有意向了。"不仅如此，一位海外发行人建议，"新版《红楼梦》要想成功打入海外市场，

---

① "文化折扣"（cultural discount）的概念被希尔曼·埃格伯特（Seelmann Eggebert）首次使用，意指少数派语言和文化版图，这些少数派语言和文化版图应该得到更多的关注，以保护其文化特性。

② 闫玉刚：《"文化折扣"与中国对外文化贸易的产品策略》，载《现代经济探讨》，2008年第2期，第52页。

要充分考虑海外观众收视心理,不要片面追求展示中国传统文化底蕴的厚重感,要更浅显地表达,让海外观众更容易理解,这样才能取得良好的传播效果!"① 中国多年来向西方学习的过程事实上帮助西方尤其是美国培育了其在中国的文化产品市场,甚至造成了我国受众对西方部分文化产品的自觉认同。而美国及西方对中国的了解相对有限,甚至有着极大的想象成分。所以,在文化传播的起步阶段,开放我们的内容,逐步推出我们的文化产品非常重要。比如《三国演义》在国内影响大,但是在欧美受到的文化折扣也最大,所以,我们要优先考虑推出在域外文化折扣小的《西游记》,其次再推出更具民族特色的《三国演义》《红楼梦》等。总之,只有充分尊重人类共同的文化需求,才能尽可能降低文化折扣,加快我国文化产品走出去的步伐。

以一种健康的精神状态、适度的开放性姿态,和风细雨般地推广中国文化产品,是参与世界文化博弈的合理手段。开放式地参与才能使中华文化成为博弈的一方,才能使中华文化在复杂的多方博弈中显化为各方关注的力量,并最终获取更有利的位置。否则,只能是在外围观望,在封闭的盒子里唱自我的赞歌。这一点,如同经济领域的开放一样,应当成为共识。

---

① 钱佳芸:《价格低销路窄 解析中国电视剧缘何欧美卖不动》,中华网,http://news.online.tj.cn/news/tv/2008/87/0887161330G5517080807161330GI8.html。(访问时间:2008年8月7日)

6.3 重视渠道，拓展国际市场空间

经济全球化之下的文化博弈，早已不再是数千年来文化传播中缓慢的渗透与融合形式。继续期待以一种自发的文化传播形式参与当下全球文化博弈已是不切实际的想法。观察全球范围内的文化博弈可知，文化的主流往往与经济体力量的强弱有关，也与经济手段的有力与否有关。推动中华文化参与世界博弈仅有主动参与意识与"开放与传承"的原则显然不够，经济力量已经与文化传播如影随形。因此，在中华文化海外传播方面，我们应毫不犹豫地使用经济手段，以市场化的方式参与全球文化博弈。

中华文化的海外传播，一方面需要我们有真正优秀的作品内容，另一方面也要有进入国际市场的各种渠道。《西游记》在域外传播的过程中，由于我们处于一种被动传播的过程中，直接导致我们的文化资源虽然被传播了，文化价值观或者说文化精髓却失落了。对于中国这样有着几千年东方文化历史和经历过诸多现实磨难的民族来说，任何其他民族对我国文化的改编作品都不可能代替我们来反映民族现实、宣扬本土文化。中国的文化要走向世界，必须要走出一条属于自己的路。就目前而言，"文化传播大体可以分为非产业性传播和产业性传播两种途径。所谓非产业性传播，往往由政府起主导作用，通过各种非盈利性的文化交流等形式宣传并推广本国文化。产业性传

播，往往由市场起主导作用，各国把各种文化资源加工成文化产品，通过文化贸易的形式向外推广。"① 纵观现代社会，真正能唤起大众热情的作品恰恰不是政府主导或民间组织的免费宣传片，而是通过产业平台推出的商业片。商业片作为一种文化产品，其成功运作的难度无疑比政府的宣传策划片更高。因为文化产品的成功运作不仅仅需要内容上的良好的制作，还要有对国际文化市场的把握能力。

6.3.1 注重文化市场调研

"没有调查，就没有发言权"，想要让我国的文化产品在其他国家被接纳和欢迎，就要在选择出口商品的前期，先做好务实的市场调研，力争输出的是能被当地文化理解、能唤起人性的共鸣，又带有自己国家特色的文化精品。"文化市场调研是一个追寻的过程，就是寻找合适的时间和地点，以合适的价格和合适的方式，使合适的消费人群接触合适的文化产品或服务，结成合适的稳定关系。"② 美国市场营销协会（AMA）对市场调查有一个定义是：一种通过信息将消费者、顾客、公众和营销者连接起来的职能。③ 可见，文化市场调研的重要意义是寻找

---

① 李庆本：《文化产业：中华文化世界传播的重要途径》，载《文艺报》，2008年7月3日。
② 李康化：《文化市场营销学》，上海文艺出版社2005年版，第86页。
③ 张淑君：《市场营销学》，经济科学出版社2002年版，第91页。

或确定文化产品与消费受众之间的关联点,这在跨文化传播中无疑显得更为重要。因为每一个国家、每一个民族都有自己的信仰、消费习惯、价值观念和消费观念,这些长期积累下来的文化直接决定了他们的消费行为。这些消费特点不仅跟上文提到的语言、宗教、文化等人文环境密切相连,还跟一个国家的政治、法律、经济、科技环境等宏观因素相关。具体而言,还包括"传播目标国文化消费者对文化产品接触行为和偏好特征,包括接触文化产品的总体时间、享用文化产品的满意度水平、对文化产品价格的心理承受能力,对销售和发行渠道的接触习惯。对内容资讯的偏好,对文化产品的改进要求,文化产品接触习惯的变化趋势等"①。所以,必须深入调研这些不同的文化传统和消费习惯,只有充分了解这些不同的文化及消费偏好特征,并顺藤摸瓜找到适应并攻克它的相关方法,才有可能顺利地开拓文化市场。

有些发达国家的文化产业其实非常重视文化市场的调研,除了做普遍性的市场调研,甚至在每一类新的文化产品问世之前都要进行专门的市场调查。这种调查不仅包括一个国家具体的风俗习惯,还包括一个国家的宏观政策与环境,比如,美国为了在中国加入世贸组织后尽快占领中国市场,对中国市场的调研工作早在中国加入世贸组织之前就开始了。韩国对如何扩

---

① 李康化:《文化市场营销学》,上海文艺出版社 2005 年版,第 88 页。

大文化产业的海外市场也进行过认真细致的市场调查。以电影市场为例，他们有一套行之有效的投放模式。对于中国、日本等具有相同文化圈特点的国家投放的多是在道德伦理上容易得到认同的影片。对于位于不同文化圈的欧美国家，就要选择大制作并富有英雄主义精神的战争片、灾难片等符合目的国观众欣赏品味的影片。韩剧《大长今》的成功，除了该连续剧本身所具有的特点和品质之外，更是与其成功的市场调研和定位分不开。《大长今》具有明确的市场定位，它主攻华人市场及受中国文化影响的区域市场（如新加坡、马来西亚等东南亚国家）。① 另外，韩国还对不同国家的文化和观众喜好的一些细节进行调研。例如，影片的名称翻译尽量符合当地的审美风格，海报的选编尽量考虑本土化，甚至在海报颜色的选择上也尽可能地倾向当地人喜欢的颜色。这种扎扎实实的国际市场调研对韩国影视剧成功打入国际市场起到了至关重要的作用。我国也有因重视进行海外市场调研而取得成功的例子。中国的"女子十二乐坊"，这个民族音乐表演团体在国内虽然有一定知名度，但远远不及它在国外市场尤其是日本市场引起的轰动。它虽然是中国民族音乐团体，却注重海外市场的调研，第一，所用音乐是根据海外市场定制，比如，用二胡表现爵士乐；第二，充分考虑视觉化的因素，比如，乐手选用了12个漂亮的女孩。独

---

① 郑琛：《中国对外文化贸易发展的问题与对策——以影视产业为例》，中国海洋大学硕士学位论文，2006年。

特的创意加上成功的市场调研与运作，使女子十二乐坊在日本引起轰动。①

中华文化要成功地走出去，就要加强对目的地国家及地区受众意识的研究。我国作为世界主要文化发源地之一，我们的文化中包含着古老的智慧、启发人心的力量，这也是现代诸多汉学家对中国哲学文化产生兴趣甚至想要用中国文化思想改变西方现状的原因之一。但是文化的传播和落地是需要扎扎实实的匠人精神的，需要对目的地国家宗教信仰、价值观念、消费方式、风俗习惯等踏踏实实地细致调研。所谓知己知彼，我们的文化产品既要仰望星空，有着对人类共同命运的思考和关怀，又要脚踩大地，在扎实的调研工作中真切地关注到对象国观众的欣赏习惯和口味。

6.3.2 加强文化市场营销

中国的《西游记》以各种形式传播到世界上，而且传播者大多是域外人士，可见《西游记》内容本身具有吸引力。而我国改编的《西游记》版本较少被传播到世界上，一方面是因为内容还过于本土化，另一方面不得不说我们缺乏在国际市场的运作经验，无法在激烈的国际市场竞争中较快地建立起自己的

---

① 张浩：《弥补中日文化贸易逆差的人》，载《中国新时代》，2004年第11期，第97页。

营销渠道。① 一个优秀的文化产品要在市场上占有份额，不仅需要良好的品质，同时还需要必要的宣传和行之有效的营销方式。文化产品的国际营销环境不同于国内文化市场的环境，具有特殊性，例如国际市场上价格体系和价格政策的区别、语言的不同及消费者的把握难度等。这些都对我们的国际营销能力提出了严峻的考验。而我国文化产业的国际市场意识尚处于初步发展阶段，中国的文化产品要真正走出去，在国际市场营销方面要强化以下几点。

首先是更新观念，大力加强国际市场营销。近年来，我国的文化产业发展迅猛，国家对文化产业的大力支持也使业内人士充满了创业的激情，然而就国际市场的营销而言，目前还是很薄弱的环节。一方面是长期以来依赖行政指令的惯性使然。我国的文化产品作为意识形态的一部分，习惯于政府资金的支持，在创作的动因上也大多追求能获奖，能得到专家、评委的首肯和赞赏。相对在市场意识上就淡漠得多，对市场的把握和预测能力不强，更不用说走出国门参与国际竞争了。另一方面是现阶段我国在国际市场的开拓上尚处于探索期，所以进展较慢，常常出现不惜重金打造我们的文化产品，在推向国际市场时却营销

---

① 2009年推出的动画片《西游记》是个例外。2009年法国戛纳电视节开幕，由北京电视台卡酷卫视、慈文影视制作有限公司联合紫光软件集团（无锡）有限公司共同倾力制作的52集动画片《西游记》，受到热烈追捧，并以单集10万美金的购价刷新了全亚洲动画海外发行价格的新纪录。

乏术，不得不借助别人的力量的现象，有时甚至连像样的外文宣传音像资料和文字翻译都拿不出来，出现"买得起马，配不起鞍"的现象。所以国际市场营销是非常重要的，既然把文化作为一种产品，那么就要尊重和接受市场的运作规律。优秀的文化产品只有在一流的文化营销和包装下，才能更加熠熠生辉！

成熟的文化产业一般都非常重视产品的营销，甚至文化生产的核心环节不是生产环节，而是对文化产品消费者的熟悉和了解程度。文化产品的生产目的是努力满足消费者的需求，在直接与消费者进行交流的营销过程中更是不遗余力。以电影产业为例，以美国为代表的大片制作资金投入可谓巨大，拍摄、场景制作等也可谓精美，当然效果和影响力也非同一般，但是片商仍然会大量投入时间和金钱进行市场的宣传。好莱坞在每部片子开拍前，都要事先找到投资者或购买者，然后根据市场需求设计影片的情节与内容；在投入市场之前，还要对"片名""故事情节""演员"等宣传点进行观众测试，以获得宣传营销的最佳效果。① 因此，没有无缘无故的成功，美国电影产业不仅在主题挑选和制作方面有比较成熟的经验，在产品的包装和市场营销推广方面更是不遗余力。2005 年 12 月 5 日，《金刚》(King Kong) 在纽约时代广场举行了"金刚"级别的超大首映式，全体主创人员悉数到场，另有 8000 名嘉宾出席，还有

---

① 何建平：《好莱坞电影机制研究》，上海三联书店 2006 年版，第 106 页。

一个一比一大小的金刚模型坐镇,甚至纽约市长布伦伯格都要现身讲话,将这一天定为"金刚日"。另外,为了加大《金刚》的销售量,环球影业公司采取了一种新颖的市场营销策略,即制作关于影片《金刚》摄制内幕的纪录片,并将其制作成为DVD光盘,在《金刚》首映的前一天发售,吊观众观赏《金刚》的胃口。该光盘内容收录影片一手的、由导演彼得·杰克逊进行的、为期8个月的摄制过程。① 相比之下,我国的文化企业在对文化市场的了解和探索方面还有较长的路要走,在以市场为核心、以顾客体验为最高目标方面也不尽如人意,然而,经验的积累需要一个过程,相信假以时日,我国在文化市场营销方面也将会迎来大的突破。

其次要明确发展战略,分地域、分阶段进入主流市场。人类社会的文化现象有趣且复杂,因为有差异性而精彩,也因为有差异性而复杂。总体来说,每个国家或民族,都有属于自己的独特的文化特性,有些国家的文化特性有相似或共通性,有些国家的文化特点则有相异和排斥性。所以,文化个性的相容与相斥形成了世界文化圈。② 一般而言,两个不同的国家在进

---

① 郑琛:《中国对外文化贸易发展的问题与对策——以影视产业为例》,中国海洋大学硕士学位论文,2006年。

② 对世界历史影响最深远的文化来说,学术界基本上一致公认,在世界范围内的文化起源先后主要有五大文化圈,即西方文化圈(拉丁文化圈)、东亚文化圈(汉字文化圈)、伊斯兰文化圈(阿拉伯文化圈)、印度文化圈(南亚文化圈)和东欧文化圈(斯拉夫文化圈)。

行文化交流或贸易时容易产生文化隔阂和误读。相对来说，处在同一文化圈或者地域相近的国家之间进行文化交流和贸易比较容易，各自的文化个性之间有一定的共通性，不容易产生文化冲突。所以，国际文化市场是否能成功运作跟文化地域性也有相当的关系。"世界市场可以划分为西欧、北美、东亚、东南亚、中东、南美、中美与加勒比地区、非洲、大洋洲、东欧几个主要大市场。这种划分所依据的标准是：一、类似的地理特征及交通；二、类似的经济模式与经济发展水平；三、相近的历史与文化背景。"① 从当前的国际文化贸易额来看，主要的进出口都集中在发达国家，比如美国、日本等国。从某种意义来讲，欧美市场是文化产品贸易的主要市场，也是文化竞争最激烈最热闹的地方。然而，总体来说，大部分欧美国家的民众对中国文化不够熟悉，没有来过中国，对中国的印象或者停留在过去，或者来自媒体，对中国文化艺术的消费能力还处在市场前期，所以在我国文化产品参与国际竞争之初，并不适宜把欧美市场定位为主要的消费市场。韩剧《大长今》在进入国际市场时，曾将目标市场划分为四个等级："中国为一级市场，全球华人散布的区域及有中华文化根源的外籍华裔聚居地为二级市场，欧美市场为三级市场，剩下的为四级市场。在这所谓四个级别的市场中，中国市场是决定胜败的

---

① 方明光：《文化市场与营销》，世纪出版集团2003年版，第297页。

战略性一环。"① 考虑到中国的人口优势以及强劲的经济发展势头,中国的文化产品及服务首先应该瞄准的是大陆市场,争取在大陆市场保持市场主体地位,然后利用文化亲和力,辐射港台、东亚、东南亚市场,成为区域市场上的有力竞争者,待时机成熟了,影响力达到了再进入欧美市场,这就水到渠成了。当然,这些战略也是相对而言的,并不具备普适性,关键还要在实践中针对具体情况灵活处理。

最后,要运用一定的营销策略。中国的文化产品目前在世界上的影响还不够大,尤其在西方文化市场,由于习俗、思维差异比较大等原因,目前西方世界对我国文化了解还远远不够。首先,我们可以充分利用自身富有特色的文化资源,突出中国文化特色,在国际营销中取胜。"每个国家都有不同的文化特质,滋生于该国家的企业产品会打上文化的烙印。这种特有的文化魅力能成为企业的旗帜,在跨文化营销中能开拓市场,创造需求。"② 也就是说,文化产品本身带有的某种异质文化在市场上也会因其独特性、新颖性而赢得当地民众的关注,甚至偏爱。由异域文化带来的独特性和新鲜感往往也是一种诱惑力,能够给消费者带来在本国的文化氛围中无法得到的满足,比如

---

① 高丹丹:《中国为什么接受〈大长今〉》,载《中国文化报》,2005 年 12 月 15 日。

② 黄华:《浅析跨文化市场营销中的困境与出路》,载《中国合作经济》,2005 年第 8 期,第 49 页。

中国的熊猫、猴王、功夫都在世界范围内拥有着无数的粉丝。"在与美国文化有明显差异的亚太地区，也拥有四五千家连锁店，且销售量占公司全部销量的 16% 以上。"① 香港无线电视台（TVB）在刚购进韩剧《大长今》时就进行了韩国文化营销。"先在每晚 7：30 的《娱乐大搜查》中持续进行详尽的韩国历史文化概述，着重围绕大长今生长的历史年代展开宣传，主要介绍当时的宫廷生活、朝鲜的饮食文化、朝鲜与明朝的关系及历史渊源，并对《大长今》里头的主要演员李英爱、池振熙、梁美京、甄美莉、赵真等逐一介绍。"②让各地的观众对韩国不同年龄层次的演员都有了一个大致的了解，让老中青观众对号入座，各取所爱，并相应地对他们产生较高的期待。其次，我们还可以主动适应当地文化，进行"本土化"营销。一是提前了解当地的传统与习俗，不与当地的宗教、禁忌产生冲突，同时了解目的国的消费习惯和需求，尽量入乡随俗，避免文化折扣。二是产品营销和销售人员尽量选择本土人员，因为当地的人员更加熟悉当地的风俗习惯、市场环境以及法律规章和政府政策，而且容易和当地的消费者达成共识。这样的策略更有利于在当地开展市场。香港无线电视台在引进《大长今》后，曾

---

① 张桂华：《基于文化差异的国际服务营销策略》，湖南农业大学硕士学位论文，2007 年。

② 丁树雄：《〈大长今〉的营销连环套》，载《财富智慧》，2005 年 Z2 期，第 74 页。

经重新用粤语为该剧配音,甚至还为《大长今》谱曲、填词。"主题曲《希望》(粤语版)由林夕填词,陈伟谱曲,陈慧琳主唱;插曲《娃娃》(国语版)由于光中填词、陈伟谱曲、张韶涵演唱;片尾插曲《思念》由林保怡演唱。"[1] 香港电视台的这种创意手法,不仅在韩剧和汉语之间构建了桥梁,也拉近了韩国文化与中国现实生活之间的距离。总之,跨文化营销不仅非常必要,而且有其复杂性与特殊性。既要保持与本土文化的差异性,又要深入了解目标市场的宗教、信仰和风俗文化,尤其对异质文化禁忌要有足够的尊重和包容,也要逐渐形成对文化雷区的敏感性。可以说,国际市场营销的成败直接关系到中国文化走出去的步伐快慢。

6.3.3 拓展文化市场渠道

在各国文化产品博弈的过程中,一般来说,一个国家的对外文化贸易经验越丰富,渠道越多样,它的文化出口能力就越强。目前,进入国际文化市场的贸易渠道主要有以下这些:

> 第一种是直接商品出口,即直接向国外出口具有独立物化形态的文化商品,如图书、报刊、音像制品、艺术品、软件、多媒体等。

---

[1] 《香港翡翠台如何包装〈大长今〉》,载《中国经营报》,2005 年 9 月 11 日。

第二种是发展服务贸易，积极开展如设计、会议服务、展览、表演、咨询、培训等项目的国际贸易。

第三种是国际合作研发，即中国文化企业与外国公司共同开发新产品、新项目和新技术，以共享国际市场。

第四种是委托国际代理，即中国文化企业委托国际代理公司和中介机构，加强国际销售。

第五种是境外兼并控购，即直接收购外国文化公司，利用现成的人员、品牌和销售渠道进入外国市场。

第六种是境外直接投资，即文化企业直接在境外投资设立分公司或者分支机构，它需要对所在国市场的深入了解，并且适应该国的经营规则和竞争条件。

第七种是建立出口基地，即中国文化企业在境外建立专营中国文化产品和文化服务的"中国音像城"、"中国书城"、"中国艺术城"等，以便于集中资本的优势，树立中国的品牌，扩大市场的影响，吸引更多的客流。①

而我国文化产品进入海外市场，目前大多通过两种渠道，一种是参加国际国内的各种文化产业博览会，另一种是依托国

---

① 祁述裕编：《中国文化产业发展战略研究》，社会科学文献出版社2008年版，第259页。

外的发行或经纪公司代理。① 比如中国有一个剧目《太极时空》进入欧洲市场时,就是委托荷兰的星辰国际娱乐公司进行了演出的代理。大型原生态歌舞《云南映像》也由国外著名经纪公司代理过约500场、覆盖五大洲著名城市和国家的商演计划。委托国际代理公司的好处是我们不需要进行市场调研和市场营销,降低了市场风险。缺憾是丰厚的市场利润为代理公司所获,我们得到的只是很少的劳动付出部分。另外,我们也失去了接触市场的宝贵机会。而国际市场上更为通行的做法是直接商品出口,相对而言,我们目前还是缺失进入国际市场的渠道。享誉世界的中国杂技,在走向世界的过程中,也是较多走了一条国际合作,或者说是依附大公司发展的道路。比如我国同诸如加拿大"太阳马戏团"、日本"玲玲马戏团"等大公司直接签约,组派杂技演员参加上述外国品牌团的大型演出。

不管是政府还是文化产业界都意识到了开拓国际渠道的重要性。2009年推出的《文化产业振兴规划》鼓励"文化企业通过独资、合资、控股、参股等多种形式,在国外兴办文化实体,建立文化产品营销网点,实现落地经营"②,即鼓励文化企业直接在境外投资设立分公司或者分支机构,甚至直接收购外国的

---

① 李怀亮:《国际文化贸易格局下的中国文化出口策略》,载《现代经济探讨》,2008年第3期,第75页。

② 中华人民共和国国务院:《文化产业振兴规划》,人民出版社2009年版,第9—10页。

公司，利用现成的人员、品牌和销售渠道进入外国市场。这在发达国家的文化企业是一种常用的方法。我国在这方面尚处于起步阶段。2009年12月，中国港中旅集团所属天创国际演艺制作交流有限公司收购了美国第三大演艺中心密苏里州布兰森市的"白宫剧院"，驻场演出舞台剧《功夫传奇》；东上海国际文化影视集团出资收购了美国田纳西州的两家剧院，分别命名为"东上海剧院"和"宫殿剧院"，拟上演功夫剧《少林武魂》和舞剧《周璇》。① 这是我国在境外演出开创的宝贵根据地。

在我国文化走向世界的过程中，用市场化的方式主动参与世界博弈还处于起步阶段。往往有一些政府主导的或民间自发的传播活动，但都局限在一定的范围内，并不能引起大众的关注与热情，即使被接受也大多出于对异国情调的猎奇心理，或茶余饭后的消遣谈资，很难真正走入受众心灵。一种文化要保持其鲜活的生命力，必须得到大众的认可，一部作品是否能成功传播，也要看能否唤起大众的热情。就中国的现状而言，加大市场投入，通过文化产业的方式参与世界的文化博弈乃是当务之急。

回顾《西游记》的海外传播过程，传播者的作品尤其是近代以来的影视、动漫作品从背景到人物再到情节诸多方面都涉及了不同的角度，或者说从《西游记》原著中提取了不同的素

---

① 《事件、现象、缤纷精彩——盘点2009艺术品收藏、演出、旅游市场》，载《中国文化报》，2010年1月5日。

材，但有一点我们可以看到，经济的目的和市场的手段在其成功发行中一直发挥着十分重要的作用。无论他们在市场化的操作过程中自发还是自觉地传播文化，如果我们逆向思考的话，能够得出这样的结论，即文化的传播确实可以依靠市场手段。进而，既然当前及以后的一定时期，主动参与世界文化的博弈，为本民族发展占据更广、更深、更远的文化空间已经得到更多的重视，并且越来越受到战略上的重视，那么，在经济全球化洪流中使用市场化的手段参与世界文化博弈便变得自然而然起来。如何更好地运用市场化的手段参与世界文化博弈，需要交叉的思维，纯属文化意义上或纯属市场意义上的方式恐怕都难以达到预期的效果，更难以实现深远的文化影响。因此，在文化传播的研究中增加市场维度的思考，在市场化运作过程中尊重文化本身的特点，应当是中华文化主动参与世界文化博弈应该着重关注的问题。调研、营销、产品、渠道等市场手段在中华文化传播中的运用尚处于探索与尝试阶段，对这一结合的思考虽难以完美却十分必要。世界文化正在博弈并在其过程中发展，经济利益使文化市场化不断加剧，正是在这一过程中，世界文化的冲突、融合、各自积淀，并因此而分别吸纳着新分子，保持着生命力。中华文化在同样的过程中，不断学习、吸收、自我完善，并且同时将进行这样一个传播、扩展直至振兴的发展历程。

6.4 立足生活，关注当下生存状态

主动参与博弈的过程不是盲目的，在继承与发扬、坚守与开放的同时，应时刻关注与反思我们的文化产品是否能够满足时代的诉求。当下的时代，文化产品更应注重人文关怀，参与世界文化博弈，更应从中华传统文化中挖掘更多的精神产品，这不仅符合当下我国社会大众的要求，而且早已是西方文化控制世界的"秘密武器"了。

一部能够打动人的文化作品，往往是能真正触及人心灵深处的作品，也是能够关注普遍人而不仅仅拘泥于传统的作品。所以，一部优秀作品，还必须折射出人们真实生活的气息，需要创作人员对实际生活的细致观察和透彻体察。

韩剧近年来在世界崛起，韩国文化作品始终保持对现代生活的反映与反省是原因之一。在韩国的作品中，总有大量反映现代社会人的价值观念和现代社会的生存状态的题材故事，如对社会中平凡的个人、个体意识的同情，对个人价值的尊重，对自我奋斗精神的肯定等。因为这些是我们真实生活中的侧面或者是缩影，所以总能给我们真实的感动和激励。韩国的文化作品尽管特别青睐传奇题材，但他们也同样重视表现现代人生的痛、无奈与荒芜，以及人在功利主义的社会环境中的遭遇等。不少韩国的创作者注意到了伴随着经济社会的转型而产生的新的生存体验，他们以此构筑材料，创造

出视角新颖、发人深省的故事情节，或者，以现代人的职业生涯为背景，反映出普通人的生存和情感问题。韩国电视剧多走至情至真的情感路线，爱情、亲情、友情等情感体验型素材，是最能逾越国家、种族的界线，被不同文化和社会背景的人们普遍接受的。"传播学的研究表明，普通人的普通生活对受众来说具有最高程度上的心理接近性，思想感情上的共鸣往往能够跨越文化和地域的阻隔。"① 这些，都使韩国的文化作品散发出动人心魄的力量，在世界文化产业大潮中占有一席之地。

在关注现代人生存状态的同时，我们还要注意兼顾各民族的欣赏口味。在好莱坞电影中，文化精英们大多会联想到商业、市场、美女、暴力、哗众取宠的消费文化等，往往是批评之声有加。但是，我们无法忽视好莱坞的全球传播和在世界市场上超过一半的票房占有率。面对全球电影市场，世界人口之广、文化之多，各民族差异之大，众口难调已成为电影业的一个主要症结。好莱坞的制片人往往深谙人的本性，往往能够超越本国本民族的娱乐趣味和主流意识形态，在电影市场化和国际化的过程中，关注当下人的生存状态，提炼出那些具有普遍意义的，可以被不同民族、不同意识形态、不同文化背景所认同的叙事类型和人性化主题。比如西部片

---

① 肖文娟：《我国国际文化传播如何借鉴韩国经验》，载《青年记者》，2006年第8期，第22页。

反映文明人如何接受化外人的教导，反思现代文明的弊端；动作、冒险片中的英雄形象，总能战胜现代工业文化的限制，不断满足当下大众的英雄梦。在其他各种类型的电影中，也或隐或现地贯穿着对代表大多数的民间生活的关注，对现代人的人性、精神、灵魂扭曲与分裂的揭示。总之，好莱坞的成功与它关注当下、关注民间的传统密不可分。它能"将民间的愿望通俗地讲解出来，将民间的困惑故事化出来，将民间的愿望、理想虚构化出来"①。可见，一部优秀的文化作品必须能够符合当下人的基本心理需求，必须达到最大多数人内心的向往，必须从不同的角度对所有人具有一定的感召力，并通过一定的艺术表现手法将之展示于人。

　　与西方世界对这方面的长期的观照不同，中国的文化作品相对缺乏对当下生活状态和现代职业制度自觉的表现意识。因为社会忙于追求成功，相对浮躁，人们在快节奏的现代生活中往往没有太多的时间照顾自己心灵深处的想法，或者静静进行形而上的思考，对职业制度和职业生涯总结不足。一些文化作品缺乏对现代社会职业精神的深层提炼和渲染，尤其是动漫作品中的道德宣教也就相对流于表层。如果将富有人文情怀的生活故事和职业体验有机结合起来，那叙述效果自然就不一般了。

---

　　① 蓝爱国：《好莱坞主义：影像民间及其工业化》，广西师范大学出版社2003年版，第96页。

只是对大众文化欣赏心理的把握能力也非一朝一夕能成，需要扎扎实实、深入生活去体察。而且仅仅了解本国的情况还不够，还要调查世界大多数国家人们的当下生存状况。也就是说，我们在文化产品的创作过程中要开放心态、重塑观念，多方位革新对作品的定位。

另外，对大众文化欣赏行为的重视并非一味附和，大众行为仍需引领。电子化、网络化的名著改编一方面给了大众更广的欣赏视角，另一方面也存在对原著意义的漠视。娱乐成为改编名著的起点也是终点，生活在大众娱乐化的时代，意义已被挤压得失去了空间。这种对意义的漠视主要表现在某些在网络流传的 flash 版《西游记》，或者以《西游记》为蓝本开发的电子游戏中。例如越南一向是中国电视剧的主要引进国之一，尤其引进较多的武侠类和古装类剧目。2008 年在网络上流传一个越南版的《西游记》flash，配有越南童声版的《西游记》主题曲音乐，小悟空由一个五六岁的孩子扮演，豁着两颗牙齿，但耍起金箍棒却是有模有样。妖精的造型更是有趣，着黑袍，作可爱状。更具有娱乐效果的是，小孙悟空在被妖精围攻以后，并没有像往常那样将妖精们乱棍打死，而是带领群妖们跳起了一段现代街舞，极具逗乐效果。网友留言表示："很好很强大，很有想象力！特别是妖族们一看就是舞蹈科班出身。"在这里，意义本身已不重要，重要的是娱乐的效果。

以名著为题开发的网络游戏是"引领"受众进行极端化娱乐的典型例子。在游戏中，小说的人物、事件、地点等都可以延续，但是它们在游戏中不代表任何意义，一切只是为了通关、升级。在网络游戏中，名著的最大意义在于以名著命名的产品商标带来的巨大经济效益。日本企业在抢注《西游记》为名的网络游戏时就抢先一步①，我国的游戏开发企业则只能选择《大话西游》《梦幻西游》《西游Q记》等为产品名称。除了商标名之外，不管是国内还是域外开发的《西游记》电子游戏产品，玩家的目的都是为了通关、升级，获得游戏中的娱乐快感。游戏中的人物会有等级、外在设备的升级或变化，不会衰老也不会有价值观的变化，也不会有自然界的生老病死、新陈代谢，年轻的永远年轻，年老的也永远年老。如在一款日版的《西游记》中，出现了美娜公主、蒙面人、月神杰特、唐三藏、孙悟空、猪八戒、沙悟净等诸多人物，男女老少不管时空荏苒，前生后世，除了装备和本领不断增加，不管年龄还是性格、心态都是机械不变的。《西游记》在域外传播过程中，动漫和网络无疑是最迅速也是最接近大众的传播方式。但是，我们必须看到，动漫与网络游戏已经在很大程度上偏离原著的文化内涵了，并将受众带离了原著的艺术境界。

---

① 《日本动漫公司"抢食"四大名著，浙商孤军出马拦截》，载《杭州日报》，2008年12月23日。

因此，引领受众的行为，要做的不仅仅是把握受众的欣赏趣味，还要突出文化的引领作用，使古典名著的传播更好地发挥出提高受众修养、提升社会文明程度的功能作用。

7 结 语

中华文化是世界几大文化源头之一,而且是唯一未曾中断、延续至今的文化类型。中华文化强大的生命力背后,既不是唯我独尊,也不是唯他是从,而是在与异域文化的交流中不断地推陈出新、兼收并容的过程。

中国古典名著的域外影像改编,走的也是一条环形的轨迹。目前《西游记》域外改编的版本大多不是由中国人自己推出。这直接导致《西游记》在跨文化传播的过程中,尤其是影视作品改编的传播过程中,走向一个循环的过程,即来自中国的素材和资源,经过异质文化的加工和改编,很自然地带有了不同的价值观念和文化,最终这个带有他国价值观和文化观的影视作品,又被投放到中国市场。一方面,我们花钱消费本属于我们的文化资源,另一方面,我们也要承受不同文化对我们文化的误读和误解。这一现象反映了世界文化对中国文化的认可、向往与期待,也说明我们已经到了主动将文化进行现代创新,走向世界的时候。中国文化要真正走向世界,并不能固守一种形式,而需要一个踏踏实实多层面推进的过程,既要求我们不盲从发达国家,追寻并坚持自己的文化精髓,也要求我们不唯我独尊,努力地去借鉴并借力世界上文化传播的现有经验与途径。

7.1 坚守民族文化精髓

近年来,从中央政府到民间弘扬中华文化的音量渐增,这既是综合国力提升的结果,也是我国综合国力继续提升的自然选择。然而,真正推出我国的文化产品绝不是在作品形式或高科技操作技巧上模仿他国。唯有对本国文化精髓真正地领悟与把握,这才是其他国家的文化创作者不可能与之比拟的。《花木兰》和《功夫熊猫》走俏世界文化市场,说明中华文化内部蕴含着众多的文化生长点,在传统文化的现代转型上也存在着巨大的再生空间。中国有如此深厚的文化积淀,从太极、易经的睿智卓识,儒家的和谐中庸到市井文化的多元,这是一笔无尽的财富。但要对传统文化进行创新也并不容易,这需要对传统读解的深度和视野的广度,需要对文化资源扎扎实实地理解和把握能力,也需要对受众文化心理的研究能力。这些能力都非一朝一夕能成,需要舍去浮躁的"潜伏"精神。但有一点是肯定的,坚持我们的民族文化精髓,才能保持我们作品的生命力,才不至于在形式热闹的文化大潮中迷失自己。

7.2 借鉴他国成功经验

　　人类文化是一个大整体。一个民族的文化往往在与异族文化的相互交流与适应过程中得以传承，也往往在与异域文化的渗透和整合过程中完成自我更新。因此，借鉴其他国家的文化传播经验，对我国文化的现代创新不无帮助。从目前经验来看，一种文化成功地走向世界必须具备开放性、娱乐性和当代性。首先，并不是在国内最优秀的作品，就一定适合向国外推广。正如《红楼梦》居"四大名著"之首，在西方的影响不如《西游记》，原因之一便是《红楼梦》的文本语言、隐性哲理难以转化为西方大众的能够迅速接受的信息符号。目前被其他国家成功推广的中国文化，无论《花木兰》《功夫熊猫》还是《西游记》，一方面都保持并散发着具有本土特色和民族色彩的魅力，另一方面它又能够为不同文化背景的人们所理解和接受，能够满足人类某种共同的文化期待或现实需求。因此，推出我国的文化产品意味着必须要进行内容的创新。要挖掘我们的文化资源中能够反映人类共同的情感倾向和文化需求的部分，要让我们的文化作品保持一定的开放性。其次，增加传播方式的娱乐性对有效传播亦十分重要。娱乐不仅是孩子的本性，也是成人世界的永恒需求，是贴近大众的最好方式。实践证明，让文化走入大众的最好方式不是宣传而是娱乐。这就启示我们在中华文化世界传播的过程中,要尽可能地让传播方式具有娱乐性。当然,也要注意不能矫枉过正,正像人们不可能从物质的享受中得到真正的精神安宁,娱乐的过度化也会导致文化精神的萎缩。最后,保持作品的当代性。正如20世纪意大利著名哲学家、历史学家克罗齐指出的,一切历史的本质就在于其当代性,因为人类真正的兴趣一定不是对业已逝去的过去的兴趣,而是对真实的当下生活的兴趣,是对跟当前有联系或有帮助的过去的兴趣。韩剧之所以近年来在世界崛起,与其始终保持对现代生活的反映与反省是分不开的。因此,一部优秀的作品,往往是能真正触及人心灵深处,也是能折射出当代真实生活气息的作品。

7.3 借力国际市场渠道

在我国文化走向世界的过程中,用市场化的方式主动参与世界博弈还处于起步阶段。往往有一些政府主导的或民间自发的传播活动,但都局限在一定的范围内,并不能引起大众的关注与热情,即使被接受也大多出于对异国情调的猎奇心理,或茶余饭后的消遣谈资,很难真正走入受众心灵。因此,在起步阶段,借力国际团队或市场往往是一条相对现实的道路。一是借力国际知名团队,比如中国的杂技享誉全球,但我们目前还缺乏在国际文化市场打造出自己品牌团队的实力。因此,与国际知名马戏团直接签约合作就是一条可行的方式。二是借力国外现成的发行或市场渠道。目前我国剧目、图书等文化产品的出口都还未能形成规模，独立开拓市场渠道的时机显然还未成熟。借力现成的国外市场渠道降低了市场风险，也为我们积累了宝贵的经验，事实上这也是我国一部分优秀剧目出口时的通用方式。三是借力国际文化市场阵地。中国文化企业目前还没有能力在境外建立专营中国文化产品和文化服务的剧场等大型文化场所。因此，借力现成阵地也能慢慢树立中国品牌，扩大中国影响。

总之，在人类的历史上，历来阻挡不了文化交流的步伐。如果始终以一种开放的心态面对外来文化，并及时吸纳外来文化中对自己有补益的重要当代元素，这样的民族文化不仅为自己，也会为世界文化带来涅槃重生的力量。西方一些人文学者已经开始对照中国儒道传统对西方文明以及近现代思想进行反思了。如何使中国思想成为当代西方文明过度膨胀的有效制约，是当务之急。这也是中国文化发展的难得机遇。关键是如何使我们的传统文化资源破茧成蝶，焕发出具有当下性的夺目光彩，这不仅能帮助我们找到自己的精神家园，也将使这一精神价值在世界范围内具有普遍意义。可以预见，中华文化的跨文化传播在将来很长的一段时期内，很可能是冲突与融合延续、向心与离心并存的局面，作为研究者的责任是继续深入地观察与慎思。